सैरे-जहाँ

शह्रयार

लिप्यन्तरण

ख़ालिद हैदर

मुक़्तेदा हुसैन नक़वी

वाणी प्रकाशन

वाणी प्रकाशन

4695, 21-ए, दरियागंज, नयी दिल्ली 110 002

फ़ोन : +91 11 23273167 फ़ैक्स : +91 11 23275710

शाखाएँ

अशोक राजपथ, पटना 800 004, बिहार

कॉफ़ी हाउस कैम्पस, महात्मा गांधी मार्ग, इलाहाबाद 211 001, उत्तर प्रदेश

महात्मा गांधी अन्तरराष्ट्रीय हिन्दी विश्वविद्यालय, वर्धा 442 001, महाराष्ट्र

सुल्तानिया रोड, मोतिया पार्क, भोपाल 462 001, मध्य प्रदेश

www.vaniprakashan.com
marketing@vaniprakashan.in
sales@vaniprakashan.in

SAIRE-JAHAN
by Shahryaar

ISBN : 978-93-87330-73-3
Ghazal

पेपरबैक संस्करण 2001, 2004, 2008
पेपरबैक चौथा संस्करण 2020

मूल्य : ₹ 199

जयंत प्रिंटरी, एलएलपी, मुम्बई-02 में मुद्रित

वाणी प्रकाशन का लोगो मक़बूल फ़िदा हुसेन की कूची से

विजय कुमार बजाज
साहिर शह्रयार
और
अर्शिया मेराज
के नाम

शह्रयार की शायरी–कुछ बातें

शह्रयार उर्दू के बड़े शायर हैं। उनकी शायरी, उर्दू शायरी की महान् परम्परा से जुड़ी हुई बड़ी शायरी है। उन्होंने हिन्दी एवम् उर्दू दोनों भाषाओं के पाठकों को एक साथ प्रभावित किया है। यही कारण है कि उनके कविता संग्रह दोनों भाषाओं में प्रकाशित होते रहे हैं, सिर्फ़ हिन्दी में उनके पाँच कविता संग्रह प्रकाशित होकर पाठकों से दाद वसूल कर चुके हैं। दरअसल शह्रयार की शायरी अपने विषय भाव, सामाजिक सरोकारों एवम् भाषा के आधार पर हिन्दी-उर्दू के बीच की खाई को पाटने का काम करती है। यही कारण है कि उनका नाम हिन्दी-उर्दू पाठकों में आदर के साथ लिया जाता है।

छठी दहाई के आस-पास जब शह्रयार का पहला काव्य संग्रह प्रकाशित हुआ तो 'सीने में जलन आँखों में तूफ़ान सा क्यों है' जैसी ग़ज़लों के आधार पर उर्दू के आधुनिकता वादी लेखकों ने उन्हें आधुनिकता का प्रतिनिधि शायर बताया, परन्तु इसके साथ ही उर्दू के प्रसिद्ध प्रगतिशील शायर एवम् लेखक अली सरदार जाफ़री ने 'ये जो आसमाँ पे सितारा है...' जैसी नज़्मों के आधार पर उनकी भूरि-भूरि प्रशंसा की और उन्हें प्रगतिशील शायर साबित किया। दरअसल बड़े शायर और बड़ी शायरी की यही विशेषता होती है कि वह अपनी संवेदनशीलता एवम् अपने सरोकारों के कारण किसी एक 'वाद' की गिरफ़्त में नहीं आती, बल्कि वह सबके लिए समान रूप में प्रशंसनीय होती है।

शायरी इन्सान के एकान्त के क्षणों में जन्म लेती है, जो इन क्षणों में रंग भरने का काम क़रती है और यह रंग इन्सानी ज़िन्दगी से प्रेम और उसके सरोकारों से पैदा होता है। यही वजह है कि इन्सानी ज़िन्दगी में पैदा होने वाली कोई हलचल शह्रयार के दिल को छुए बगैर नहीं रहती। निरन्तर बदलती हुई दुनिया को वह किसी भी तरह से स्वीकार नहीं कर पाते। वह इसे जीवन की त्रासदी समझते हैं और उस पर

प्रश्न-चिह्न लगाते हैं, आश्चर्यचकित होते हैं।

तुम्हारे शह्र में कुछ भी हुआ नहीं है क्या
कि तुमने चीखों को सचमुच सुना नहीं है क्या
मैं इक ज़माने से हैरान हूँ कि हाकिमे-शह्र
जो हो रहा है उसे देखता नहीं है क्या

जीवन मूल्यों में होता हुआ निरंतर ह्रास और उपभोक्तावादी संस्कृति के परिणाम उनके दिल में कुछ खोने का एहसास तो पैदा करते हैं परन्तु जीवन से उन्हें मायूस नहीं करते बल्कि भले दिनों के ख़्वाब देखने के लिए प्रेरित करते हैं। शह्रयार की शायरी का मुख्य स्रोत यही है। यही त्रासदी उन्हें तेज़ आँधी में भी जीवन-मूल्यों का दिया जलाए रखने के लिए प्रेरित करती है।

तेज़ हवा में जला दिल का दिया आज तक
ज़ीस्त से इक अह्द था पूरा किया आज तक

तुमको मुबारक शामिल होना बंजारों में
बस्ती की इज़्ज़त न डुबोना बंजारों में
अपनी उदासी, अपने साथ में मत ले जाना
नामक़बूल है रोना धोना बंजारों में

शायर का अपने समाज के प्रति प्रेम उसे व्यवस्था विरोधी बना देता है। क्योंकि उसका चिन्तन अपने समाज के लिए प्रतिबद्ध होता है। जिसे वह पूरी ज़िम्मेदारी के साथ पूरा करता है। ज़िन्दगी के साथ शायर का यही अह्द है जिसके कारण वह तेज़ आँधी में भी दिया जलाने का काम करता है। बदले हुए सामाजिक परिवेश में समाज के प्रति शह्रयार का यह अह्द (प्रतिज्ञा) और सरोकार अक्सर व्यंग्य की सूरत में व्यक्त होता है। जो शायर अपने आप और अपने सामाजिक एवम् राजनैतिक माहौल़ पर व्यंग्य बाण नहीं छोड़ सकता, उसे संवेदन शून्य ही कहा जा सकता है। शह्रयार की व्यंगात्मक शैली प्रदूषित माहौल को उजागर करने का बेहतरीन अस्त्र है। वह अपनी व्यंगात्मक शैली से दो काम लेते हैं। एक यह कि वह स्वस्थ एवम् उजले सामाजिक वातावरण में फैले काले एवम् बदनुमा धब्बों की तरफ़ संकेत करते हैं, दूसरे यह कि उसके रहस्य का भी पता लगाते हैं।

जो बुरा था कभी वह हो गया अच्छा कैसे
वक़्त के साथ मैं इस तेज़ी से बदला कैसे

हँसो आसमाँ बे उफ़क़ हो गया
अँधेरे घने और गहरे हुए

तमाम शहूर आग की लपेट में है भागिए
हुजूर कब से मीठी नींद सो रहे हैं भागिए
तमाम अहले-शहूर, शहूर छोड़कर चले गए
झुके हुए हैं सर अज़ीम बिल्डिंगों के देखिए
अब और कुछ न देखिए, अब और कुछ न सोचिए
तमाम शहूर आग की लपेट में है भागिए।

ज़िन्दगी की इस त्रासदी से शहूरयार कभी विचलित नहीं होते और न ही उसके प्रति ग़ैर संज़ीदा रवय्या अख़्तियार करते हैं। वह खिलण्डरे पन के विपरीत संजीदा (ज़िन्दगी के प्रति) रवैया रखते हैं। इसीलिए वह भयानक परिस्थितियों में भी ख़्वाब देखना बन्द नहीं करते। उनकी आँखें दीवारों में छेद करके उस पार के दृश्य को देख लेती हैं। और उसके रहस्य का पता लगा लेती हैं। यही कारण है कि उनकी शायरी नये सामाजिक सन्दर्भों में अधिक महत्त्वपूर्ण हो जाती है।

शहूरयार अपने चिंतन के साथ-साथ शायरी के कला पक्ष को भी बहुत अधिक महत्त्व देते हैं। उनकी शायरी सामाजिक परिवेश से सीधी जुड़ी होने के बावजूद उसमें कहीं भी न तो सपाटपन पैदा होता है, और न ही फ़ौरी और हंगामी समस्याओं का ख़बरनामा मालूम होती है। इसका मुख्य कारण यह है कि वह अपनी शायरी में उन तमाम उपमानों का प्रयोग करते हैं जो शायरी को कलात्मक बनाते हैं। उनकी नज़्में और ग़ज़लें दोनों विधाएँ भाषा के खुरदुरेपन से दूर हमें गीतात्मकता की तरफ़ ले जाती हैं। शहूरयार ने फ़िल्मों के लिए भी गीत लिखे हैं, जिनको सुनकर यह आभास होता है कि फ़िल्मों में भी अच्छी और सच्ची शायरी पेश की जा सकती है।

शहूरयार की शायरी हमें जीवन के प्रति प्रेम, उसकी समस्याओं से जूझते रहने, उसके रहस्यों का पता लगाने और नई दुनिया के ख़्वाब देखते रहने का संदेश देती है।

18-4-2001

(डॉ.) महताब हैदर नक़वी
उर्दू विभाग
अलीगढ़ मुस्लिम विश्व विद्यालय अलीगढ़

अनुक्रम

ग़ज़ल

दामे-उलफ़त[1] से छूटती ही नहीं
ज़िंदगी तुझको भूलती ही नहीं

कितने तूफ़ाँ उठाए आँखों ने
नाव यादों की डूबती ही नहीं

तुझसे मिलने की तुझको पाने की
कोई तदबीर[2] सूझती ही नहीं

एक मंज़िल पे रुक गई है हयात
ये ज़मीं जैसे घूमती ही नहीं

लोग सर फोड़ कर भी देख चुके
ग़म की दीवार टूटती ही नहीं

---

1. प्रेम-जाल 2. उपाय

ग़ज़ल

तुम्हारे शह्र में कुछ भी हुआ नहीं है क्या
कि तुम ने चीख़ों को सचमुच सुना नहीं है क्या

तमाम ख़ल्क़े-ख़ुदा इस जगह रुकी क्यों है
यहाँ से आगे कोई रास्ता नहीं है क्या

लहू-लुहान सभी कर रहे हैं सूरज को
किसी को ख़ौफ़ यहाँ रात का नहीं है क्या

मैं एक ज़माने से हैरान हूँ कि हाकिमे-शह्र
जो हो रहा है उसे देखता नहीं है क्या

उजाड़ते हैं जो नादाँ इसे उजड़ने दो
कि उजड़ा शह्र दोबारा बसा नहीं है क्या

ग़ज़ल

कभी अपने से मुझको ख़ुश-गुमाँ होने नहीं दोगे
कि तुम मेहनत को अपनी राएगाँ[1] होने नहीं दोगे

मुसाफ़िर की तरह आओगे इक दिन दिल-सराए में
रहोगे इस तरह इसको मकाँ होने नहीं दोगे

ज़मी पर रेंगते रहने को तनहा छोड़ जाओगे
किसी हालत में मुझको आसमाँ होने नहीं दोगे

मेरी कश्ती को जब मझधार में लाए तो कह देते
सिवा अपने किसी को बादबाँ होने नहीं दोगे

बहुत से मोड़ दानिस्ता[2] नहीं आने दिए मैंने
कहानी को मेरी तुम दास्ताँ होने नहीं दोगे

---

1. व्यर्थ 2. जान-बूझकर

ग़ज़ल

वो बेवफ़ा है हमेशा ही दिल दुखाता है
मगर हमें तो वही एक शख़्स भाता है

न खुशगुमान[1] हो उस पर तू ऐ दिले-सादा
सभी को देख के वो शोख़ मुस्कराता है

जगह जो दिल में नहीं है मेरे लिए न सही
मगर ये क्या कि भरी बज़्म से उठाता है

तेरे करम की यही यादगार बाक़ी है
ये एक दाग़ जो इस दिल में जगमगाता है

अजीब चीज़ है ये वक़्त जिसको कहते हैं
कि आने पाता नहीं और बीत जाता है

1. भ्रमित

ग़ज़ल

अहले-जहाँ[1] ये देख के हैरान हैं बहुत
दस्ते-सितम[2] है एक, गरेबान हैं बहुत

हमने तमाम उम्र सँवारा उन्हें मगर
गेसू-ए-ज़ीस्त[3] फिर भी परीशान हैं बहुत

ये और बात दिल को हैं बेमेहरियाँ ही याद
हम पर वगरना आपके एहसान हैं बहुत

शर्मिन्दा दोस्त ही से नहीं शहरयार हम
दुश्मन से भी तो आज पशेमान[4] हैं बहुत

---

1. दुनियावाले 2. अत्याचार का हाथ 3. जीवन की ज़ुल्फें (बाल) 4. लज्जित।

आदर्श

कैसी है ये रस्म बताओ क्या है ये आदर्श
मान की ख़ातिर जान गंवाई, दिल की ख़ातिर प्रीत
रात की ख़ातिर सुब्ह बनाई, हार की ख़ातिर जीत
चाँद की ख़ातिर शहर बनाए दश्त की ख़ातिर क़हर
आँख की ख़ातिर अश्क बनाए जाम की खातिर ज़हर
जिस्म की ख़ातिर फ़र्श बनाया रूह की खातिर अर्श
गर्द की ख़ातिर राह बनाई राह की खातिर ख़ार[1]
बूझो तो पागल का सपना समझो तो संसार

एक और पेशीनगोई[2]

फिर घने पेड़ों से उड़ेंगे तयूर[3]
फिर बजाएँगे तालियाँ पत्ते
टहनियाँ फिर लड़ेंगी आपस में
कोंपलों के शहीद जिस्मों को
मुंतशिर[4] फिर करेगी मौजे हवा

1. कांटा 2. भविष्यवाणी 3. पंक्षी 4. बिखरना

मुआल[1]

टिमटिमाते नक़्श धुँधले रास्ते
दश्ते-तनहाई में यादों का ग़ुबार
कोहर में डूबी चिराग़ों की क़तार
डूबता दिन आती शब वादों की जाग
गुनगुनाती रेत की साँसों की थाप
दूर से आते हुए क़दमों की चाप
एक नग़मा एक शोला एक राग
गह[2] ख़मोशी, गह सुकूँ, गह इज़्तराब[3]
रेंगते रौशन-जबीं,[4] साए-सराब[5]
आँख पुरनम, होंठ गिरयाँ[6] हाथ सर्द
शोरे-नाला[7] सोज़े-ग़म[8] तूफ़ाने दर्द
क़ासिदाने उम्रे-रफ़्ता[9] का ख़याल
क्या यही है हसरते-दिल का मुआल
क्या इसी सूरत कटेंगें माहोसाल[10]?

1. परिणाम 2. कभी 3. बेचैनी 4. चमकते ललाट 5. मरीचिका 6. चीत्कार 7. विलाप 8. शोक 9. गुज़रती आयु के संदेश वाहक 10. मास और वर्ष

ज़ीस्त[1] का हासिल और हक़ीक़त

अंधे दिन को गूंगी रात से क्या निस्बत[2] है
घायल चाँद की गहनाई किरनों का साया
इस धरती को क्यों भाता है
सूरज की सरशार[3] शुआएँ
इस धरती को क्यों डसती हैं
हर 'कल' क्यों इस 'आज' के पैकर[4] में ढलता है
और इन्सान को 'आज' और कल से क्या मिलता है
क्यों हम फ़ानी और अमर हैं
पल, लम्हें, दिन, साल और सदियाँ
ये सब बातें बहकी सी हैं
लेकिन अपनी ज़ीस्त का हासिल और
हक़ीक़त सिर्फ़ यही है

---

1. जीवन 2. सम्बन्ध 3. मस्त 4. जिस्म

एक और सालगिरह

16 जून 1966 ई.

लो तीसवाँ साल भी बीत गया
लो बाल रुपहली होने लगे
लो कासए-चश्म[1] हुआ ख़ाली
लो दिल में नहीं अब दर्द कोई
ये तीस बरस कैसे काटे
ये तीस बरस कैसे गुज़रे
आसान सवाल है कितना ये!

मालूम है मुझको यह दुनिया
किस तरह वजूद[2] में आई है
किस तरह फ़ना[3] होगी इक दिन
मालूम है मुझको इंसाँ ने
किस तरह से की तख़लीक़े--ख़ुदा[4]
किस तरह बुतों को पैदा किया
मालूम है मुझ को मैं क्या हूँ
किस वास्ते अब तक ज़िन्दा हूँ
इक इसके जवाब का इल्म नहीं
ये तीस बरस कैसे गुज़रे
ये तीस बरस कैसे काटे

---

1. आंखों का प्याला 2. अस्तित्व 3. अंत 4. ईश्वर की रचना

हाँ याद है इतना, मैं इक दिन
टॉफ़ी के लिए रोया था बहुत
अम्माँ ने मुझे पीटा था बहुत
हाँ याद है इतना मैं इक दिन
तितली का तअक़्क़ुब[1] करते हुए
इक पेड़ से जा टकराया था
हाँ इतना याद है मैं इक दिन
नींदों के दयार में सपनों की
परियों से लिपट कर सोया था
हाँ इतना याद है मैं इक दिन
घरवालों से अपने लड़-भिड़ कर
तोड़ आया था सब रिश्ते नाते

हाँ इतना याद है मैं इक दिन
जब बहुत दुःखी था तन्हा था
इक जिस्म की आग में पिघला था

हाँ ये भी याद है, मैं इक दिन
सच बोल के पछताया था बहुत
अपने से भी शरमाया था बहुत

हाँ ये भी याद है मुझ को कि मैं
रोटी-रोज़ी की तमन्ना में
बड़ा ख़्वार[3] हुआ इस दुनिया में

हाँ और भी कुछ है याद मुझे
मगर इसका जवाब कहाँ ये सब
ये तीस बरस कैसे गुज़रे

---

1. पीछा 2. कविताएं 3. अपमानित

ये तीस बरस कैसे काटे
अब इसके जवाब से क्या होगा

चलो उठो कि सुब्ह हुई देखो
चलो उठो कि अपना काम करें
चलो उठो कि शहरे-तमन्ना में
मरहम ढूँढ़ें उन ज़ख़्मों का
जो दिल ने अभी तक खाए नहीं
ताबीर करें उन ख़्वाबों की
जो आँखों ने दिखलाए नहीं
उन लम्हों के हमराज़ बनें
जो ज़ीस्त में अपनी आए नहीं

चलो तीसवाँ साल भी बीत गया
चलो मय छलकाएँ, जश्न करें
चलो सर को झुकाएँ सजदे में
इस उम्रे-फ़िरोमाया[1] का सफ़र
आधे से ज़ियादा ख़त्म हुआ

1. तुच्छ जीवन

हसरते-ख़्वाब

कोई पत्थर किसी के हाथ से छूटा
तिलिस्मे-आरज़ू[1] टूटा
सुनो! ख़ामोशी के बेहिस[2] समुंदर में हुई हलचल
चलो आँखों के ताक़ों में
अधूरे चाँद की
टूटी हुई किरने सजा दें
और सो जाएँ

अँधेरे के सहराओं में

अँधेरे के सहराओं में ढूँढ़ता फिर रहा हूँ किसी को
छिपाए हुए रूह और जिस्म की तश्नगी[3] को
हज़ारों बरस हो गए इस सफ़र को
जरस[4] की सदा राहबर है, न मंज़िल का कोई पता है
निगाहों की सरहद ख़ला[5] ही ख़ला है
उभरते हैं कुछ नक़्श कुछ धुँधले साये
कभी एक पल को
मगर फिर वही बेकराँ[6] दश्तो-सहरा
वही इज़्तिराब[7] और आवारगी और तनहाइयाँ हैं
छिपाए हुए रूह और जिस्म की तश्नगी को
अँधेरे के सहराओं में ढूँढ़ता फिर रहा हूँ किसी को
हज़ारों बरस हो गए इस सफ़र को

---

1. आकाँक्षाओं का जादू 2. संवेदनहीन 3. प्यास 4. घंटा 5. शून्य 6. असीम 7.बेकली

ग़ज़ल

तुमको मुबारक शामिल होना बनजारों में
बस्ती की इज़्ज़त न डुबोना बनजारों में

उनके लिए ये दुनिया एक अजायब घर है
हिर्सो-हवस[1] के बीज न बोना बनजारों में

अपनी उदासी अपने साथ में मत ले जाना
ना-मक़बूल[2] है रोना-धोना बनजारों में

उनके यहाँ ये रात और दिन का फ़र्क़ नहीं है
उनकी आँख से जागना सोना बनजारों में

यकसाँ[3] और मसावी[4] हिस्सा सबको देना
जो कुछ भी तुम पाना खोना बनजारों में

हिजरत[5] की खुशबू से उनकी रूह बँधी है
हिजरत से बेज़ार न होना बनजारों में

---

1. लालच 2. अप्रिय 3. समान 4. बराबर 5. पलायन

ग़ज़ल

शोहरत ही मिली है देखो सदा रुसवाई में
हम इतने बड़े माहिर थे ज़ख़्म-नुमाई[1] में

कुछ दूर ही आए होंगे हम ये ध्यान आया
क्यों लम्बे सफ़र पर निकले आबला-पाई[2] में

यह रूह, बदन-दीवार गिराना चाहती थी
और जिस्म रहा मसरूफ़[3] हवस-पैदाई[4] में

रुकने के मुक़ाम जहाँ भी आएँ रुक जाओ
यूँ ज़ीना-ज़ीना उतरो दिल गहराई में

पानी पे लिखी तहरीरें जल्दी पढ़ डालो
मुमकिन है ख़लल[5] आ जाए फिर बीनाई[6] में

---

1. घाव दिखाना 2. पाँव में छाले पड़ना 3. व्यस्त
4. वासना की उत्पत्ति 5. विघ्न 6. दृष्टि

ग़ज़ल

हौसला दिल का निकल जाने दे
मुझको जलने दे पिघल जाने दे

आँच फूलों पे न आने दे मगर
ख़सो-ख़ाशाक[1] को जल जाने दे

मुद्दतों बाद सबा आई है
मौसमे-दिल को बदल जाने दे

छा रही हैं जो मेरी आँखों पर
उन घटाओं को मचल जाने दे

तज़्किरा[2] उसका अभी रहने दे
और कुछ रात को ढल जाने दे

1. घास-फूस 2. चर्चा

ग़ज़ल

दयारे-दिल[1] न रहा बज़्मे-दोस्ताँ[2] न रही
अमाँ की कोई जगह ज़ेरे-आसमाँ[3] न रही

रवाँ है आज भी रग-रग में .ख़ून की मौजें
मगर वो एक ख़लिश[4] वो मताए-जाँ[5] न रही

लड़ें ग़मों के अँधेरों से किसकी ख़ातिर हम
कोई किरन भी तो इस दिल में ज़ौ-फ़िशाँ[6] न रही

मैं उसको देख के आँखों का नूर खो बैठा
ये ज़िंदगी मेरी आँखों से क्यों निहाँ न रही

ज़बाँ मिली भी तो किस वक़्त बेज़बानों को
सुनाने के लिए जब कोई दास्ताँ न रही

---

1. दिल की बस्ती 2. दोस्तों की महफ़िल 3. आसमान के नीचे 4. चुभन 5. प्राण-निधि
6. प्रकाश बरसाने वाला

ग़ज़ल

तुझको खोकर क्यों ये लगता है कि कुछ खोया नहीं
ख़्वाब में आएगा तू, इस वास्ते सोया नहीं

आप बीती पर जहाँ हँसना था जी भर के हँसा
हाँ जहाँ रोना ज़रूरी था वहाँ रोया नहीं

मौसमों ने पिछली फ़स्लों की निगह्बानी न की
इसलिए अबके ज़मीने-दिल में कुछ बोया नहीं

वक़्त के हाथों में जितने दाग़ थे सब धो दिए
दाग़ जो तुझसे मिला है इक उसे धोया नहीं

कैसी महफ़िल है यहाँ मैं किस तरह से आ गया
सबके सब ख़ामोश बैठे हैं कोई गोया नहीं

ग़ज़ल

कहीं ज़रा-सा अँधेरा भी कल की रात न था
गवाह कोई मगर रौशनी के साथ न था

सब अपने तौर से जीने के मुद्दई थे यहाँ
पता किसी को मगर रम्ज़े-काएनात[1] न था

कहाँ से कितनी उड़े और कहाँ पे कितनी जमे
बदन की रेत को अंदाज़-ए-हयात[2] न था

मेरा वजूद[3] मुनव्वर[4] है आज भी उस से
वो तेरे क़ुर्ब[5] का लम्हा जिसे सबात[6] न था

मुझे तो फिर भी मुक़द्दर पे रश्क[7] आता है
मेरी तबाही में हर चन्द तेरा हाथ न था

---

1. दुनिया का रहस्य 2. जीवन का अनुमान 3. अस्तित्व 4. उज्ज्वलित 5. स्थायित्व 6. ईर्ष्या

ग़ज़ल

तमाम शहर में जिस अजनबी का चर्चा है
सभी की राय है वो शख़्स मेरे जैसा है

बुलावे आते हैं कितने दिनों से सहरा से
मैं कल ये लोगों से पूछूँगा किस को जाना है

कभी ख़याल यह आता है खेल ख़त्म हुआ
कभी गुमान[1] गुज़रता है एक वक़्फ़ा है

सुना है तर्के-जुनूँ तक पहुँच गए हैं लोग
ये काम अच्छा नहीं पर मआल[2] अच्छा है

ये चलचलाव के लम्हे हैं अब तो सच बोलो
जहाँ ने तुमको कि तुमने जहाँ को बदला है

पलट के पीछे नहीं देखता हूँ ख़ौफ़ से मैं
कि संग[3] होते हुए दोस्तों को देखा है

---

1. शक 2. अन्जाम 3. पत्थर

ग़ज़ल

यूँ ख़िजिल[1] होना न होता दोस्तो इनकार पर
कोई पाबन्दी लगी होती अगर इज़हार[2] पर

नाम अब तक दे न पाया इस तअल्लुक़ को कोई
जो मेरा दुश्मन है क्यों रोता है मेरी हार पर

धूप से बचने की कोशिश में कटेगी रात भी
कोई शक कर के तो देखे साया-ए-अशजार[3] पर

शह्र की जानिब न होने पाए सन्नाटों का रुख़
है मेरी आवाज़ राज़ी आज इस बेगार पर

बारिशें अनपढ़ थीं पिछले नक़्श सारे धो दिए
हाँ तेरी तस्वीर ज्यों की त्यों है दिल-दीवार पर

---

1. लज्जित 2. अभिव्यक्ति 3. पेड़ों का साया

शंख बजाने की घड़ी

आँख मन्दिर के कलश पर रक्खो
शंख बजने की घड़ी आ पहुँची
देवदासी के क़दम रुक-रुक कर
आगे बढ़ते हैं
ज़मीं के नीचे
गाय को सींग बदलने की बड़ी जल्दी है
बुलहवस[1] आँखों ने फिर जाल बुना
ख़ून टपकाती ज़बाँ फिर हुई मसरुफ़े-सफ़र
जिस्म के खुरदरे कुछ नर्म इलाक़ों का सफ़र
साधना भंग न हो अब के भी
ज़ोर से चीख़ के श्लोक
पुजारी ने पढ़े
आँख मन्दिर के कलश पर रक्खो

1. कामुक

ग़ज़ल

हिज्र की लंबी रात का ख़ौफ़ निकल जाए
आँखों पर फिर नींद का जादू चल जाए

बड़ी भयानक साअत आने वाली है
आओ जतन कर देखें, शायद टल जाए

रौशन तो कर देना लौ सरगोशी की
जब मेरी आवाज़ का साया ढल जाए

मैं फिर काग़ज़ की कश्ती पर आता हूँ
दरिया से कहला दो ज़रा सँभल जाए

या मैं सोचूँ कुछ भी न उसके बारे में
या ऐसा हो दुनिया और बदल जाए

जितनी प्यास है उससे ज़ियादा पानी हो
मुमकिन है ऐ काश ये ख़तरा टल जाए

ग़ज़ल

महफ़िल में बहुत लोग थे मैं तनहा गया था
हाँ तुझ को वहाँ देख के कुछ डर सा लगा था

ये हादसा किस वक़्त कहाँ कैसे हुआ था
प्यासों के तअक़्क़ुब[2] में सुना दरिया गया था

आँखें हैं कि बस रौज़ने-दीवार[1] हुई हैं
इस तरह तुझे पहले कभी देखा गया था

ऐ ख़ल्क़े-ख़ुदा तुझ को यक़ीं आए-न-आए
कल धूप-तहफ़्फ़ुज़[3] के लिए साया गया था

वो कौन सी साअत थी पता हो तो बताओ
ये वक़्त शबो-रोज़[4] में जब बाँटा गया था

---

1. झरोखा 2. पीछा करना 3. संरक्षण 4. रात-दिन

ग़ज़ल

इसे गुनाह कहें या कहें सवाब का काम
नदी को सौंप दिया प्यास ने सराब[1] का काम

हम एक चेहरे को हर ज़ाविए[2] से देख सकें
किसी तरह से मुकम्मल हो नक़्शे-आब[3] का काम

हमारी आँखें कि पहले तो खूब जागती हैं
फिर उसके बाद वो करती हैं सिर्फ़ ख़्वाब का काम

वो रात कश्ती किनारे लगी कि डूब गई
सितारे निकले तो थे करने माहताब का काम

फ़रेब खुद को दिए जा रहे हैं और खुश हैं
उसे ख़बर है कि दुश्वार है हिजाब[4] का काम

1. मरीचिका, मृगतृष्णा 2. कोण 3. जल्दी मिट जाने वाला निशान 4. पर्दा

मैं नहीं जागता...

मैं नहीं जागता, तुम जागो
सियाह रात की ज़ुल्फ़ इतनी उलझी है कि सुलझा नहीं सकता
बारहा[1] कर चुका कोशिश मैं तो
तुम भी अपनी सी करो
इस तगो-दौ[2] के लिए ख़्वाब मेरे हाज़िर हैं
नींद इन ख़्वाबों के दरवाज़ों से लौट जाती है
सुनो, जागने के लिए इनका होना
सह्ल कर देगा बहुत कुछ तुम पर
आसमां-रंग में काग़ज़ की नाव
रुक गई है इसे हरकत में लाओ
और क्या करना है तुम जानते हो
मैं नहीं जागता, तुम जागो
सियाह रात की ज़ुल्फ़
इतनी उलझी है कि सुलझा नहीं सकता

1. कई बार 2. दौड़-धूप

नींद से कर लो...

रोज़ इतना ही अगर जागना है
नींद से कर लो कोई समझौता
देखो! आँखों में थकन के आसार
साफ़ ज़ाहिर है
उसे कल तुमने
इस तरह देखा कि जैसे कोई
डूबने वाला किनारे की तरफ़ देखता है
उसकी पेशानी[1] के सूरज का असर
कोई आँखों पे न था
हाँ मगर नाफ़ के अतराफ़[2] बहुत देर तलक
ये भटकती रहीं
आगे जाना उससे मुमकिन न हुआ
इससे पहले कभी ऐसा न हुआ
नींद से तोड़ के रिश्ता तुमने
कोई अच्छा न किया

1. मस्तक 2. आस-पास

टल जाए न साअत कुछ जल्दी

सूरज की राख भरो मुट्ठी
टल जाए न साअत कुछ जल्दी
वो लम्हा आने वाला है
जिस लम्हे की हमराही में
इस शाम-उफ़क़-पेशानी[1] पर
इक बोसा और चढ़ाएँगे
और रात-शजर[2] तक जाएँगे
और सारे अधूरे ख़्वाबों को
इन आँखों में भर लाएँगे
और जाग के रात गुज़ारेंगे
यूँ दाद-जुनूँ[3] की पाएँगे
टल जाए न साअत कुछ जल्दी

1. क्षितिज ललाट 2. पेड़ 3. उन्माद की प्रशंसा

आज के बाद...

आज के बाद दीवारे-जाँ की तरफ़
मुझको जाते हुए देखना
(ऐसा होगा नहीं, फिर भी गर ऐसा हो)
रोक लेना मुझे
मेरे माथे पे गर्दे-निदामत[1] की तहरीर को
खुद भी पढ़ना, मुझे भी सुनाना ज़रा
इस निदामत में हिस्सा तुम्हारा भी है
वो घड़ी किस क़यामत की थी
मुझको तुमको बहुत देर तक
तजरबे लोग अपने बताते रहे
ख़्वाब की असलियत और हक़ीक़त की सच्चाई में
फ़र्क़ करने की तलक़ीन[2] करते रहे
मैंने तुमसे बड़ी ग़ौर से सब सुना
मैंने तुमसे ये पूछा कि क्या राय है
तुमने आगे की जानिब इशारा किया
एक साअत से आगे की साअत तलक लम्बा रस्ता था
जब वक़्त-मीज़ान[3] से उसको नापा गया
रात थी, बेकराँ[4] रात थी
मैंने आवाज़ दी तुम भी बोले नहीं
आज के बाद दीवारे-जाँ की तरफ़
मुझको जाते हुए देखना
ऐसा होगा नहीं, फिर भी गर ऐसा हो
रोक लेना मुझे

---

1. लज्जा की धूल 2. उपदेश 3. समय की तराज़ू 4. असीम

मेरा तो इरादा था

मेरा तो इरादा था
होंठ-सीढ़ियों से मैं
आसमान तक जाऊँ
तूने इस जगह मुझको
इतनी देर तक रोका
ये भी भूल बैठा मैं
मेरा क्या इरादा था
इस वजूदे-ख़ाकी[1] में
जिस्म कुछ ज़ियादा था

हर्फ़े-नागुफ़्तनी[2]

शाम ढलते ही मेरी आँखों ने
इक समन्दर के ख़दो-ख़ाल[3] गढ़े
रात की कश्ती उतारी उसमें
इक किनारे पे तुझे बिठलाया
दूसरे पे मुझे जंजीर किया
बावजूद इसके मेरे होंठो ने
जिस्म पर तेरे बहुत देर तलक
हर्फ़े-नागुफ़्तनी तहरीर[4] किया

---

1. मिट्टी की काया 2. न कहने योग्य बात 3. चेहरा-मोहरा 4. लिखा

ग़ज़ल

जाने क्या देखा था मैंने ख़्वाब में
फँस गया फिर जिस्म के गिरदाब[1] में

तेरा क्या तू तो बरस के खुल गया
मेरा सब कुछ बह गया सैलाब में

मेरी आँखों का भी हिस्सा है बहुत
तेरे इस चेहरे की आबो-ताब में

तुझ में और मुझ में तअल्लुक़ है वही
है जो रिश्ता साज़ और मिज़राब में

मेरा वादा है कि सारी ज़िन्दगी
तुझ से मैं मिलता रहूँगा ख़्वाब में

1. भँवर

ग़ज़ल

इबादत रात दिन इक शख़्स की ऐसे नहीं की थी
खुला हमपे मुहब्बत आज से पहले नहीं की थी

वफ़ा करने की आदत थी सो हम करते रहे सबसे
किसी मतलब से या इनआम[1] के बदले नहीं की थी

बस इक कौंदा सा लपका और ख़ीरा[2] हो गई आँखें
तेरी जानिब नज़र हमने इरादे से नहीं की थी

बसर ये उम्र हमने अपनी मरज़ी के मुताबिक़ की
बसर करते हैं जैसे लोग याँ वैसे नहीं की थी

1. पुरस्कार 2. आश्चर्यचकित

ग़ज़ल

खुश्की का नाम तक नहीं रू-ए-ज़मीन पर
और लोग पूछते हैं कि बरसात कब हुई

ये शहर भी अजीब है चलता नहीं पता
किस वक़्त दिन गुरूब हुआ रात कब हुई

किस सादगी से मुझको ये समझा रहे हैं सब
मेरे अदू की जीत मेरी मात कब हुई

आदाबे-जिंदगी पे हुई खुल के गुफ़्तगू
मरने के मसअले पे कोई बात कब हुई

ग़ज़ल

फ़ज़ाएँ धुंध से सरगोशियों की और अट जाएँ
बदन की ये चटानें मुमकिना हद तक सिमट जाएँ

समन्दर-तह तलक जाना बहुत आसान हो जाए
अगर गौहर[1] भरी ये सीपियाँ इक पल को हट जाएँ

बता सकता है कोई वो मुसाफ़िर कौन होते हैं
जो इक रस्ते से आएँ और दो सिम्तों में बट जाएँ

न जाने आने वाला वक़्त क्यों दुश्मन सा लगता है
हवाएँ आ के फिर औराक़[2] माज़ी[3] के पलट जाएँ

मुनासिब वक़्त है जिन्से-सुख़न[4] को बेच देने का
ख़बर किसको है इसके भाव कब और कितने घट जाएँ

1. मोती 2. पृष्ठ 3. बीता हुआ समय 4. काव्य (कला)

ग़ज़ल

मैं प्यासा और भी प्यासा था और सैराब[1] था वो
समंदर मैं जिसे समझा था इक सैलाब था वो

ज़मीं पर ज़ीना-ज़ीना देर तक उतरे सितारे
मेरी आँखों का कोई वह्म था या ख़्वाब था वो

मैं उसकी तेज़ साँसें सुन रहा था नग़मा जैसे
मेरी इस ज़िन्दगी का लम्ह-ए-नायाब[2] था वो

लबों से धूम बारिश आसमाँ तक जाती मौजें
बदन-कश्ती मुसाफ़िर के लिए गिरदाब[3] था वो

मुझे रास आ गई थी आख़िरश दूरी की क़ुर्बत
मेरा रुख़ फिर था सहरा-सिम्त महवे-ख़्वाब था वो

1. तृप्त 2. अपूर्व क्षण 3. भँवर

ग़ज़ल

ये हक़ीक़त है मगर फिर भी यक़ीं आता नहीं
दिल मेरा अब भी धड़कता है पे घबराता नहीं

रूह के बारे-गराँ[1] पर नाज़ करते हैं सभी
बोझ अपने जिस्म का कोई उठा पाता नहीं

सुर्ख़ फूलों से ज़मीं को ढक गई किसकी सदा
सबकी आँखें पूछती हैं, कोई बतलाता नहीं

क़ुर्ब[2] का शफ्फ़ाक़[3] आईना मेरा हमराज़ है
दूरियों की धुंध से आँखों का कुछ नाता नहीं

नींद की शबनम[4] से मैं भी तर, मेरा साया भी तर
आँसुओं का सैल[5] मेरी सिम्त अब आता नहीं

---

1. भारी बोझ 2. निकटता 3. पारदर्शी 4. ओस 5. प्रवाह

आँख का काम है...

आँख का काम है दीवार में रौज़न[1] करना
देखने के लिए ये खेल कि इन्सानों को
मौत के सारे ही असबाब मयस्सर हैं
मगर ज़िन्दा हैं
उनमें कुछ कीड़े-मकोड़ों की तरह रेंगते हैं,
कभी सीने से कभी पेट के बल
कुछ कि अजगर हैं निगल जाते हैं जिसको चाहें
मुँह भी मसरुफ़ हैं उनकी दुम भी
उनकी तादाद ज़ियादा है जो कीड़े हैं न अजगर हैं
मगर बेहिस हैं
हम कि उनमें से किसी में भी नहीं
हमने बस इतना किया
नूर[2] के नाम पे कुछ धुंध मुहय्या करके
आँख के काम को जारी रक्खा
यानी इस खेल की दिलचस्पी को क़ायम रक्खा
आँख का काम है दीवार में रौज़न करना

---

1. छेद 2. रोशनी, प्रकाश

होंठों से नहीं लिक्खी

आज साफ़ पानी पर
उँगलियों से लिक्खी है
तेरे नाम इक चिट्ठी
आए अब हवा आए
और साफ़ पानी को
तेरी सिम्त ले जाए
रास्ते में हाँ उसको
और कोई न पढ़ पाए
हो न तेरी रुसवाई
तेरे नाम ये चिट्ठी
होंठो से नहीं लिक्खी
उँगलियों से लिक्खी है

इसका सबब ये आँखें हैं

ये दीवार हमारी दुश्मन
हम जैसे हर शख़्स की दुश्मन
इसका सबब ये आँखे हैं
जो दीवार में रौज़न करके
इस दीवार की उस जानिब की
हरकतो-नक़ल[1] की सब तफ़सीलें[2]
ख़ल्क़ के सामने लाती हैं

बुज़दिल होने का ख़मियाज़ा[3]

इतनी देर तलक आँखों ने
रात तुझे सपने में देखा
तुझ को छूने की ख़्वाहिश को
कितनी दुश्वारी से टाला
बुज़दिल होने का ख़मियाज़ा
मैंने सपने में भी भुगता

---
1. कार्य-कलाप 2. ब्योरा 3. परिणाम

दस्तकें

कैसे मेरे ज़ायक़े[1] में रेत शामिल हो गई
एक पगडंडी सड़क से जा मिली
मैंने इन आँखों से देखा
बे-बदन बे-नाम ख़्वाहिश को मुजस्सम[2] रू ब रू[3]
रूह के ज़ख़्मों को सहलाने लगे फिर उसके हाथ
नर्म से नाजुक-से हाथ
मैं किसी आगे की मंज़िल की तरफ़ बढ़ने को हूँ
देर होती जा रही है
मेरे दिल की धड़कनों में वो तसलसुल[4] क्यों नहीं
उसके होंठों से
किसी झरने को गिरते देखने की
आख़िरी कोशिश करूँ
नींद की गोली (मगर दो बूँद पानी कौन दे)
बन्द होती खिड़कियों ने
देखो सन्नाटों को तोड़ा
दस्तकों पर दस्तकें

---

1. स्वाद 2. साकार 3. सामने 4. निरंतरता

ग़ज़ल

हवा तू कहाँ है ज़माने हुए
समन्दर के पानी को ठहरे हुए

लहू सबका-सब आँख में आ गया
हरे फूल से जिस्म पीले हुए

जुनूँ का हर इक नक़्श मिटकर रहा
हवस के सभी ख़्वाब पूरे हुए

मनाज़िर बहुत दूर और पास हैं
मगर आईने सारे धुंधले हुए

जहाँ जाइए रेत का सिलसिला
जिधर देखिए शह्र उजड़े हुए

बड़ा शोर था जब समाअत[2] गई
बहुत भीड़ थी जब अकेले हुए

हँसो आसमाँ बे-उफ़क़ हो गया
अँधेरे घने और गहरे हुए

---

1. दृश्य 2. सुनने की शक्ति

सुनो अपनी ही बाज़गश्तें[1] सुनो
करो याद अफ़साने भूले हुए

चलो जंगलों की तरफ़ फिर चलो
बुलाते हैं फिर लोग बिछड़े हुए

1. प्रति ध्वनियाँ

ग़ज़ल

शाख़े-शजर से पत्ते गिरे जब भी टूट के
रोई तमाम ख़ल्के-ख़ुदा फूट-फूट के

ये मंज़िले-मुराद थी इन्सान की अगर
इन्सान क्यों उदास है साये से छूट के

सहरा की सल्तनत है हुदूदे-निगाह[1] तक
बादल हज़ार बरसे ज़मीनों पे टूट के

तनहा उफ़क़ पे तेग़ से हमला करे हवा
जब चाहे आए और उसे ले जाए लूट के

सच की सलीब तोड़ दी अहले-सलीब ने
सरशार[3] इस क़दर हुए नश्शे से छूट के

1. सृष्टि 2. दृष्टि की सीमा 3. प्रसन्न

ग़ज़ल

मेरे लहू की चीख़ को कब कोई आसरा मिला
दश्त भी बेज़बान था, शहर भी बेसदा मिला

ख़्वाब में आसमान पर देखा था मैंने इक उफ़क़
आँख खुली तो दूर तक धुंध का सिलसिला मिला

तेरी गली को छोड़ कर जाने का क़स्द[1] जब किया
मेरा हरेक रास्ता दश्ते-ख़ला[2] से जा मिला

बर्फ़ पिघल के बह गई, धूप का नाम हो गया
लेकिन ये राज़ राज़ है धूप को इससे क्या मिला

1. इरादा 2. शून्य का जंगल

ग़ज़ल

कुछ देर रही हलचल मुझ प्यास से पानी में
फिर थी वही जौलानी[1] दरिया की रवानी में

ये हिज्र[2] की रातें भी होती हैं अजब रातें
दिन फूल खिले देखे कल रात की रानी में

आँखें वहीं ठहरी हैं पहले जहाँ ठहरी थीं
वैसा ही हसीं है तू था जैसा जवानी में

दिलचस्पी जो दुनिया को है मुझमें रहे क़ायम
इक मोड़ नया आए अब मेरी कहानी में

मीठी है कि कड़वी है सच्चाई बस इतनी है
रहना है रिहाई तक इस क़ैदे-मकानी[3] में

---

1. वेग 2. वियोग 3. स्थान का कारावास

ग़ज़ल

दिल में तूफ़ान है और आँखों में तुग़यानी[1] है
ज़िन्दगी हमने मगर हार नहीं मानी है

ग़मज़दा वो भी हैं दुश्वार है मरना जिन को
वह भी शाकी[2] हैं जिन्हें जीने की आसानी है

दूर तक रेत का तपता हुआ सहरा था जहाँ
प्यास का किसकी करिश्मा है वहाँ पानी है

जुस्तजू तेरे अलावा भी किसी की है हमें
जैसे दुनियाँ में, कहीं कोई तेरा सानी है

इस नतीजे पे पहुँचते हैं सभी आख़िर में
हासिले-सैरे-जहाँ[3] कुछ नहीं हैरानी है

---

1. उफान 2. शिकायत करने वाले 3. दुनिया की सैर का हासिल (प्राप्ति)

ग़ज़ल

शिकवा कोई दरिया की रवानी से नहीं है
रिश्ता ही मेरी प्यास का पानी से नहीं है

कल यूँ था कि जो क़ैदे-ज़मानी[1] से थे ब्रेज़ार
फ़ुरसत उन्हें अब सैरे-मकानी[2] से नहीं है

चाहा तो यक़ीं आए न सच्चाई पे उसकी
ख़ाएफ़[3] कोई गुल अहदे-ख़िज़ानी से नहीं है

दोहराता नहीं मैं भी गए लोगों की बातें
इस दौर को निस्बत[5] भी कहानी से नहीं है

कहते हैं मेरे हक़ में सुख़न-फ़ह्म[6] बस इतना
शेरों में जो ख़ूबी है मआनी[7] से नहीं है

---

1. समय की क़ैद 2. स्थान की क़ैद 3. डरा हुआ 4. पतझड़ का मौसम 5. सम्बन्ध 6. कविता समझने वाले 7. अर्थ

ग़ज़ल

यूँ तो करने को यहाँ कोशिशें हर शख़्श ने कीं
खेतियाँ दिल की सराबों[1] से न सरसब्ज़ हुईं

मेरी आवाज़ पे देता नहीं कोई आवाज़
शह्र सन्नाटों के सैलाब की ज़द में तो नहीं

बे उफ़क़ आसमाँ भी धुंध में छिप जाएगा
चंद दिन और जो आँखें यूँ ही हैरान रहीं

जिस्म को आईन-ए-रूह में देखा होता
तो ये दुनिया नज़र आती न कभी इतनी हसीं

तेज़ आँधी का करम हो तो निजात इनको हो
राख की क़ैद में चिंगारियाँ मुरझाने लगीं

1. मरीचिका

ग़ज़ल

जो बुरा था कभी अब हो गया अच्छा कैसे
वक़्त के साथ मैं इस तेज़ी से बदला कैसे

जिनको वहशत[1] से इलाक़ा[2] नहीं वो क्या जानें
बेकराँ[3] दश्त मेरे हिस्से में आया कैसे

कोई इक-आध सबब होता तो बतला देता
प्यास से टूट गया पानी का रिश्ता कैसे

हाफ़ज़े[4] में मेरे बस एक खंडर सा कुछ है
मैं बनाऊँ तो किसी शह्र का नक्शा कैसे

बारहा[5] पूछना चाहा कभी हिम्मत न हुई
दोस्तो रास[6] तुम्हें आई ये दुनिया कैसे

ज़िन्दगी में कभी इक पल ही सही ग़ौर करो
ख़त्म हो जाता है जीने का तमाशा कैसे

1. पागलपन 2. सम्बन्ध 3. असीम 4. स्मरणशक्ति 5. कईबार 6. अनुकूल

आगे, बहुत आगे आ गया...

मैं इस सफ़र में आगे, बहुत आगे आ गया
पीछे मुड़ा
तो पैरों के नीचे की ये ज़मीं
मुझसे हिसाब माँगेगी फ़स्लों का
जिनको मैं
बोना तो चाहता था मगर बो नहीं सका
दरयूज़ागर[1] की तरह किसी मोड़ के क़रीब
उम्रे-अज़ीज़ मैंने बसर की कुछ इस तरह
आइंदा आने वाले दिनों के ख़याल में
मैंने कभी भी हाल की जानिब न की नज़र
मिट्टी का रंग देखा
न उसकी सदा सुनी
उजलत-शआर[2] इतनी तबीयत थी
रात-दिन
इक दूर की सदा की तरफ़ भागता रहा
जब ख़्वाब देखने थे तो मैं जागता रहा
यूँ इस तरह से आगे, बहुत आगे आ गया

---

1. भिखारी 2. जल्दबाज़

ख़्वाब

नग़मगी[1] आरज़ू की बिखरी है
रात शरमा रही है अपने से
होंठ उम्मीद के फड़कते हैं
पाँव हसरत के लड़खड़ाते हैं
दूर पलकों के आँसुओं के क़रीब
नींद दामन समेटे बैठी है
ख़्वाब ताबीर[2] के शिकस्ता[3] दिल
आज फिर जोड़ने को आए हैं

नए अह्द[4] का नया सवाल

ये बात रोज़े-अज़ल[5] से तय है
ज़मीन जिस्मों का बोझ उठाएगी
आसमाँ पर रहेंगी रूहें
मगर कोई है जो ये बताए
हमारी परछाइयों की क़ब्रें
कहाँ बनेंगी!

1. गीतात्मकता 2. स्वप्न-फल 3. टूटे हुए 4. युग 5. सृष्टि की उत्पत्ति

तुझे कुछ याद आता है

मैं तेरे जिस्म तक किन रास्तों से
हो के पहुँचा था
ज़मी आवाज़ और गंदुम[1] के खोशों[2] की महक
मैं साथ लाया था
तुझे कुछ याद आता है

फ़िरक़ा परस्ती[3]

नीम पागल लोग
इस तादाद में
कुछ असर आए मेरी फ़रयाद में

दो नज़्में

हवा के दरमियान आज रात का पड़ाव है
मैं अपने ख़्वाबों के चिराग़ को
जला न पाऊँगा ये सोच के
बहुत ही बदहवास हूँ
मैं सुब्ह से उदास हूँ

कुछ लोग तो हों जो सच बोलें
ये ख़्वाहिश दिल में फिर आई
है तेरा करम ऐ तनहाई

---

1. गेहूँ 2. बाली 3. साम्प्रदायिकता

मंज़र कितना अच्छा होगा

मैं सुब्ह सवेरे जाग उठा
तू नींद की बारिश में भीगा तनहा होगा
रस्ता मेरा तकता होगा
मंज़र कितना अच्छा होगा

दो नज़्में

सफ़र तेरी जानिब था
अपनी तरफ़ लौट आया
हर इक मोड़ पर मौत से साबका[1] था
मैं जीने से लेकिन कहाँ बाज़ आया

शोर समाअत[2] के दरपै[3] है जानते हो
मौत के क़दमों की आहट पहचानते हो
होनी को कोई भी टाल नहीं सकता
ये इक ऐसा सच है तुम भी मानते हो

बदन-पाताल

हवस[4]-आकाश से नीचे भी उतरूँ
बदन पाताल में ता-देर[5] ठहरूँ
मैं अपने आपको जी भर के देखूँ

---

1. सामना 2. श्रवणशक्ति 3. पीछे पड़ना 4. वासना 5. देर तक

आरज़ू

सोते-सोते चौंक उठी जब पलकों की झंकार
आबादी पर वीराने का होने लगा गुमान
वहशत ने पर खोल दिए और धुंधले हुए निशान
हर लम्हे की आहट बन गई साँपों की फुँकार
ऐसे वक़्त में दिल को हमेशा सूझा एक उपाय
काश कोई बेख़्वाब दरीचा चुपके से खुल जाय

इल्तिजा[1]

कहाँ हो, कहाँ हो
नई सुब्ह की मेहरबाँ नर्म किरनों
मेरा जिस्म मुझसे बग़ावत पे आमादा है
काँपती है मेरी रूह
आओ बचाओ
मुझे शब[2] के ज़िन्दाँ[3] से बाहर निकालो
मैं दिन समंदर की गहराइयाँ नापना चाहता हूँ !!

1. प्रार्थना 2. रात 3. कारागार

ग़ज़ल

जो कहते थे कहीं दरिया नहीं है
सुना उन से कोई प्यासा नहीं है

दिया लेकर वहाँ हम जा रहे हैं
जहाँ सूरज कभी ढलता नहीं है

न जाने क्यों हमें लगता है ऐसा
ज़मीं पर आसमाँ साया नहीं है

थकन महसूस हो रुक जाना चाहें
सफ़र में मोड़ वह आया नहीं है

चलो आँखों में फिर से नींद बोएँ
कि मुद्दत से तुझे देखा नहीं है

ग़ज़ल

तेरे आने की ख़बर आते ही डर लगने लगा
ग़ैर का लगता था जो वह अपना घर लगने लगा

क्या हरीफ़ों[1] में मेरे सूरज भी शामिल हो गया
ज़र्द पत्ता[2] रास्ते का क्यों शजर लगने लगा

याद आना था किसी इक नुक़रई[3] आवाज़ का
फिर से सन्नाटे का मजमा बाम[4] पर लगने लगा

मैं सलामत हूँ मगर ये ख़्वाब आँखें करबला
जो जुदा तन से हुआ वो मेरा सर लगने लगा

जाने क्या उफ़्ताद[4] पड़ने को है मुझ पर दोंस्तो
मोतबर[5] लोगों को अब मैं मोतबर लगने लगा

1. विपक्षी 2. पीला पत्ता 3. चाँदी की तरह 4. छत 5. विश्वसनीय

ग़ज़ल

क़रार[1] हिज्र में आया सुकून दर्द के साथ
बड़ा अजीब सा रिश्ता है एक फ़र्द[2] के साथ

तुलूअ[3] होता है दिन इसलिए कि धुंध बढ़े
हर एक रात है मन्सूब[4] माहे ज़र्द[5] के साथ

सिमट रहा है इलाक़ा हमारी वहशत का
है एतराफ़ हमें इसका रंजो-दर्द के साथ

उसी की शर्तों पे तय बाक़ी का सफ़र होगा
ये अहृद कल ही किया रास्ते की गर्द के साथ

है कोई जो कभी पूछे ये जाके सूरज से
कि और रहना है कब तक हवाए-सर्द के साथ

1. ठहराव 2. व्यक्ति 3. उदय 4. संबंधित 5. पतझड़ का महीना

ग़ज़ल

चाहता कुछ हूँ मगर लब पे दुआ है कुछ और
दिल के अतराफ़[1] की देखो तो फ़ज़ा है कुछ और

जो मकाँदार हैं दुनियाँ में उन्हें क्या मालूम
घर की तामीर की हसरत का मज़ा है कुछ और

जिस्म के साज़ पे सुनता था अजब सा नग़मा
रूह के तारों को छेड़ा तो सदा है कुछ और

पेशगोई[2] पे नजूमी[3] की भरोसा कैसा
वक़्त के दरिया के पानी पे लिखा है कुछ और

तू वफ़ाकेश है जी-जान से चाहा है तुझे
तेरे बारे में प लोगों से सुना है कुछ और

1. चारों ओर 2. भविष्यवाणी 3. ज्योतिषि

ग़ज़ल

हुआ ये क्या कि ख़मोशी भी गुनगुनाने लगी
गई रुतों की हर इक बात याद आने लगी

ज़मीने-दिल[1] पे कई नूर[2] के मिनारे थे
ख़याल आया किसी का तो धुंध छाने लगी

ख़बर ये जब से पढ़ी है, ख़ुशी का हाल न पूछ
सियाह-रात! तुझे रौशनी सताने लगी

दिलों में लोगों के हमदर्दियाँ हैं मेरे लिए
मैं आज ख़ुश हूँ कि मेहनत मेरी ठिकाने लगी

बुरा कहो कि भला समझो ये हक़ीक़त है
जो बात पहले रुलाती थी अब हँसाने लगी

---

1. दिल की धरती 2. रोशनी

ग़ज़ल

अब वक़्त जो आने वाला है किस तरह गुज़रनेवाला है
वो शक्ल तो कब से ओझल है ये ज़ख़्म भी भरनेवाला है

दुनिया से बग़ावत करने की उस शख़्स से उम्मीदें कैसी
दुनिया के लिए जो ज़िन्दा है दुनिया से जो डरने वाला है

आदम की तरह आदम से मिले कुछ अच्छे-सच्चे काम करे
ये इल्म अगर हो इंसाँ को कब कैसे मरने वाला है

दरिया के किनारे पर इतनी ये भीड़ यही सुनकर आई
इक चाँद बिना पैराहन[1] के पानी में उतरने वाला है

1. वस्त्र

ग़ज़ल

मैं दुःखी हूँ सब ये कहते हैं खुशी की बात है
अब अँधेरे की ज़बाँ पर रौशनी की बात है

मुद्दतों पहले जुदा हम अपनी मर्ज़ी से हुए
लग रहा है दिल को यूँ जैसे अभी की बात है

हमने जब भी दास्ताने-शैक़ छेड़ी दोस्तो
हर किसी को ये लगा जैसे उसी की बात है

ख़ामशी ने किसलिए आवाज़ का पीछा किया
अहले-दुनिया तुम न समझोगे ये कैसी बात है

शहर में इक शख़्स ऐसा है जो सच के साथ है
ध्यान से क्यों सुन रहे हो दिल्लगी की बात है

ख़लीलुर्रहमान आज़मी की याद में

धूल में लिपटे चेहरे वाला
मेरा साया
किस मंज़िल किस मोड़ पे बिछड़ा
ओस में भीगी ये पगडंडी
आगे जाकर मुड़ जाती है
कतबों[1] की खुशबू आती है
घर जाने की ख़्वाहिश
दिल में पहले कब आती थी
उस लम्हे की रंग-बिरंगी सब तसवीरें
पहली बारिश में धुल जातीं
मेरी आँखों में लम्बी रातें घुल जातीं

1. शिला लेख (जो कब्र पर लगाया जाता है)

आख़िरी दुआ माँगने को हूँ...

आख़िरी दुआ माँगने को हूँ
आसमान पर रात के सिवा कुछ नहीं रहा
कौन मुट्ठियाँ रेत से भरे
पानियों का रुख़ शह्र की तरफ़ अब नहीं रहा
कितने मुतमइन[1] लोग आज हैं
देर रात तक जागने का ग़म
अब उन्हें नहीं
मैं भी चाँद का मुंतज़िर नहीं
दिल-ज़मीन से उसके नक्शे-पा सारे मिट गए
ख़्वाब देखना तर्क कर चुका
किस सुकून से सो रहा हूँ मैं
ऐसा क्यों हुआ
आग-जिस्म कब बर्फ़ हो गया
सोचता हूँ मैं
और सोचकर अपने आपको इस ज़वाल[2] पर
कुछ उदास सा हो रहा हूँ मैं
आसमान पर रात के सिवा कुछ नहीं रहा
आख़िरी दुआ माँगने को हूँ

1. संतुष्ट 2. पतन

रात के आख़री किनारे से

ज़र्द[1] पत्ते नहीफ़[2] शाख़ों पर
रात के आख़री किनारे से
आने वाली मुहीब[3] आँधी का
देख लो, इन्तज़ार करते हैं
लोग सब इस अजीब मंज़र को
बेज़रर[4] क्यों शुमार करते हैं

मेरी रुसवाई

सन्नाटों से भरी बोतल बेचने वाले
मेरी खिड़की के नीचे फिर खड़े हुए हैं
और आवाज़ें लगा रहे हैं
बिस्तर की शिकनों[5] से निकलूँ
नीचे जाऊँ
उनसे पूछूँ
मेरी रुसवाई से उनको क्या मिलता है
मेरे पास कोई भी कहने वाली बात नहीं है
सुनने की ताक़त भी कब की गवाँ चुका हूँ

---

1. पीले 2. निर्बल 3. भयानक 4. हानि न पहुँचाने वाला 5. सिलवटों

सफ़र की इब्तदा नए सिरे से हो

कि आगे के तमाम मोड़ वह नहीं
चीटियों ने हाथियों की सूँड़ में पनाह ली
थके थके से लग रहे हो
धुंध के ग़िलाफ़ में उधर वह चाँद रेगे-आसमान[1] है
तुम्हें सदाएँ दे रहा है, सुन रहे हो
तुम्हारी याददाश्त का कोई वरक़ नहीं बचा
तो क्या हुआ
गुज़िश्ता रोज़ो-शब[2] से 'आज' मुख़तलिफ़ है
आने वाला कल के इन्तेज़ार का
सजाओ ख़्वाब आँख में
जलाओ फिर से आफ़ताब[3] आँख में
सफ़र की इब्तदा[4] नए सिरे से हो

1. आकाश की रेत 2. दिन-रात 3. सूरज 4. आरम्भ

बदन के आसपास

लबों पे रेत हाथों में गुलाब
और कानों में किसी नदी की काँपती सदा
ये सारी अजनबी फ़ज़ा
मेरे बदन के आसपास आज कौन है

नींद से आगे की मंज़िल

ख़्वाब कब टूटते हैं
आँखें किसी ख़ौफ़ की तारीकी से
क्यों चमक उठती हैं
दिल की धड़कन में तसलसुल[2] नहीं बाक़ी रहता
ऐसी बातों को समझना नहीं आसान कोई
नींद से आगे की मंज़िल नहीं देखी तुमने

ख़्वाब को देखना कुछ बुरा तो नहीं

बर्फ़ की उजली पोशाक पहने हुए
उन पहाड़ों में वह ढूँढ़ता है मुझे
जिसका मैं मुन्तज़िर एक मुद्दत से हूँ
ऐसा लगता है ऐसा हुआ तो नहीं
ख़्वाब को देखना कुछ बुरा तो नहीं

1. अंधेरा 2. निरंतरता

एक उदास रात

थकी हुई आहटों के हाथों ने
बंद आँखों पे दस्तकें दीं
हिसार[1] तनहाइयों का तोड़ा
हवा में कुछ रंग से उड़ाए
ख़ला[2] में कुछ दायरे बनाए
किसी की ज़ुल्फों के ख़म सँवारे
किसी के चेहरे के धुँधले धुँधले
नुक़ूश[3] महताब[4] में उभारे
उधर किसी आब-जू[5] को छेड़ा
इधर किसी शाख को हिलाया
यहाँ वहाँ कुछ चिराग़ रक्खे
तमाम शब ग़मगुसारियाँ कीं
थकी हुई आहटों के हाथों
ने बंद आँखों पे दस्तकें दीं

---

1. घेरा 2. शून्य 3. चित्र 6. चंद्रमा 5. नदी-नह्र

पहले सफ़हे[1] की पहली सुर्ख़ी[2]

हिमालय की बुलन्द चोटी पे
बर्फ़ के इक सुबुक[3] मकां में
बुझी हुई मिशअलों का जलसा
अज़ीम और आलमी मसाइल
पे एक हफ़्ते से हो रहा है
सिफ़र तलक दर्ज़-ए-हरारत[4] पहुँच चुका है
मज़ीद तफ़सील[5] राज़ में है

1. प्रथम पृष्ठ 2. शीर्षक (मुख्य पंक्ति) 3. हल्का 4. तापमान 5. अधिक ब्योरा

ख़्वाबों का भिखारी

अपने मामूल[1] के मुताबिक हम
आज भी रोज़ की तरह यूँ ही
दिन के हमराह[2] बेख़याली में
वादि-ए-शाम से गुज़रते हुए
रात की सरहदों को छू लेंगे
नींद के दर को खटखटाएँगे
लाख रोएँगे गिड़गिड़ाएँगें
कास-ए-चश्म[3] में मगर इक ख़्वाब
आज की रात भी न पाएँगे

उदासी की हजो[4]

समन्दरों से ख़िराज[5] ले कर
मुहीब सहराओं से गुज़र कर
हुसैन इब्ने अली का लश्कर
वो आ रहा है, वो आ चुका है
तमाम अशजार झूमते हैं
फ़रिश्ते सजदों में मुनहमिक[8] हैं
चिराग़ हर सिम्त जल रहे हैं
बताओ अब तुम उदास क्यों हो
बताओ उफ़्ताद[9] क्या पड़ी है
तुम्हारे बाज़ू पे आज भी क्यों
सियाह पट्टी बंधी हुई है

1. नित्य कार्य 2. साथ 3. आँख का प्याला 4. निन्दा 5. कर 6. भयावह 7. पेड़ 8. तन्मय 9. मुसीबत

ग़ज़ल

सुनता हूँ कि तू नहीं इनकारी है इस बात से
कोई निसबत[1] थी कभी तुझको मेरी ज़ात से

तू मेरे हमराह था दरवाज़े तक शाम के
उसके आगे क्या हुआ पूछा जाये रात से

पिछली बारिश में मुझे ख़्वाहिश थी सैलाब की
अबके तू बतला मुझे क्या माँगूं बरसात से

काम आए जो हिज्र के हर आइन्दा मोड़ पर
ऐसा इक तोहफ़ा मुझे दे तू अपने हाथ से

हाँ मुझको भी देखले जीने की लत पड़ गई
हाँ तूने भी कर लिया समझौता हालात से

1. सम्बन्ध

ग़ज़ल

काश पूछे ये चारागर से कोई
कब तलक और यूँ ही तरसे कोई

कौन सी बात है जो उसमें नहीं
उसको देखे मेरी नज़र से कोई

सच कहे सुन के जिसको सारा जहाँ
झूठ बोले तो इस हुनर से कोई

ये न समझो कि बेज़बान है वो
चुप अगर है किसी के डर से कोई

हिज्र की शब हो या विसाल की शब
शब को निस्बत[1] नहीं सहर[2] से कोई

1. सम्बन्ध 2. सुबह

ग़ज़ल

ये क्या जगह है दोस्तो, ये कौन सा दयार है
हदे-निगाह तक जहाँ ग़ुबार ही ग़ुबार है

हर एक जिस्म रूह के अज़ाब[1] से निढाल है
हर एक आँख शबनमी, हर एक दिल फ़िगार है

हमें तो अपने दिल की धड़कनों पे भी यक़ीं नहीं
खुशा वो लोग जिनको दूसरों पे एतबार है

न जिसका नाम है कोई न जिसकी शक्ल है कोई
इक ऐसी शै का क्यों हमें अज़ल[3] से इन्तिज़ार है

1. यातना 2. धन्य 3. सृष्टि का आरम्भ

ग़ज़ल

माहो-अंजुम रहे ग़मीं शब भर
कोई रोता रहा कहीं शब भर

उनके वादे का ज़िक्र क्या कीजे
आहटें गूँजती रहीं शब भर

ज़िंदगी जैसे होश में आए
रौनकें इस तरह की थीं शब भर

ग़म से घबरा गए तो पुरसिश[1] को
कितनी परछाइयाँ उठीं शब भर

आस का दर, उम्मीद का दामन
वहशतें देखती रहीं शब भर

खुश्क पत्तों के ढेर में किसको
निकहतें[2] ढूँढ़ती रहीं शब भर

था ग़ज़ब जागना तमन्ना का
रक़्स[3] करती रही ज़मीं शब भर

हर पतंगे के पर सलामत हैं
शमएँ बेबात क्यों जलीं शब भर

---

1. पूछताछ 2. सुगंध 3. नृत्य

ग़ज़ल

हुजूमे-दर्द मिला, ज़िंदगी अज़ाब हुई
दिलो-निगाह की साज़िश थी, कामयाब हुई

तुम्हारी हिज्र-नवाज़ी पे हर्फ़ आएगा
हमारी मूनिसो-हमदम[1] अगर शराब हुई

यहाँ तो ज़ख़्म के पहरे बिठाए थे हमने
शमीमे-जुल्फ़[2] यहाँ कैसे बारयाब[3] हुई

हमारे नाम पे गर उँगलियाँ उठीं तो क्या
तुम्हारी मदहो-सताइश[4] तो बेहिसाब हुई

हज़ार पुरसिशे-ग़म[5] की मगर न अश्क बहे
सबा ने ज़ब्त[6] ये देखा तो लाजवाब हुई

---

1. साथी 2. ज़ुल्फ़ों की सुगंध 3. पहुँचना 4. प्रशंसा 5. दुःख के विषय में पूछना 6. धैर्य।

ग़ज़ल

जो बात करने की थी काश मैंने की होती
तमाम शह्र में इक धूम सी मची होती

बदन तमाम गुलाबों से ढक गया होता
कि उन लबों ने अगर आबयारी[1] की होती

बस इतना होता मेरे दोनों हाथ भर जाते
तेरे ख़ज़ाने में बतला कोई कमी होती

फ़िज़ा में देर तलक साँसों के शरर[2] उड़ते
ज़मीं पे् दूर तलक चाँदनी बिछी होती

मैं इस तरह न जहन्नम की सीढ़ियाँ चढ़ता
हवस को मेरी जो तूने हवा न दी होती

1. सिंचाई 2. चिनगारी

ग़ज़ल

किसी कली में कि महताब[1] में निहाँ[2] होगा
मैं दश्त में हूँ तो इस वक़्त तू कहाँ होगा

इसी उम्मीद पे् काटा है ये पहाड़ सा दिन
कि शब को ख़्वाब में तू मुझ पे मेहरबाँ होगा

तू अपने तौर से तय कर विसाल[3] की मंज़िल
तेरी तरफ़ से मेरा दिल न बदगुमाँ[4] होगा

जो इससे अह्ले-ज़माना ने हाथ खींच लिया
ज़रूर कारे-मुहब्बत में कुछ ज़ियाँ[5] होगा

ये अह्ले-शह्र ने इक बार भी नहीं सोचा
ज़रा सी आग से चारों तरफ़ धुआँ होगा

---

1. चंद्रमा 2. छिपा हुआ 3. मिलन 4. दुर्भावना 5. हानि

ग़ज़ल

इस जगह ठहरूँ या वहाँ से सुनूँ
मैं तेरे जिस्म को कहाँ से सुनूँ

मुझको आग़ाज़े-दास्ताँ[1] है अज़ीज़[2]
तेरी ज़िद है कि दरमियाँ से सुनूँ

तीर ने आज क्या शिकार किया
इस की तफ़सील[2] मैं कहाँ से सुनूँ

रात क्या कुछ ज़मीन पर बीती
पहले तुझसे फिर आसमाँ से सुनूँ

कितनी मासूम सी तमन्ना है
नाम अपना तेरी ज़बाँ से सुनूँ

---

1. कहानी का आरम्भ 2. ब्योरा

ग़ज़ल

मैंने जिसको कभी भुलाया नहीं
याद करने पे याद आया नहीं

अक्से-महताब[1] से मुशाबह[2] है
तेरा चेहरा तुझे बताया नहीं

तेरा उजला बदन न मैला हो
हाथ तुझ को कभी लगाया नहीं

ज़द में सरगोशियों की फिर तू है
ये न कहना तुझे जगाया नहीं

बाख़बर मैं हूँ तू भी जानता है
दूर तक अब सफ़र में साया नहीं

---

1. चन्द्रमा का साया 2. जैसा

अपनी याद में

मैं अपने घाव मिन रहा हूँ
दूर तितलियों के रेशमी परों के नीले-पीले रंग उड़ रहे हैं
हर तरफ़
फ़रिश्ते जैसे आसमान से उतर रहे हैं सफ़-ब-सफ़[1]
मैं अपने घाव गिन रहा हूँ
आँसुओं की ओस में नहा के भूले-बिसरे ख़्वाब आ गए
खून का दबाव और कम हुआ
नहीफ़[2] जिस्म पर किसी के नाख़ूनों के आड़े-तिरछे नक़्श
जगमगा उठे
लबों पे लुकनतों[3] की बर्फ़ जम गई
तवील हिचकियों का एक सिलसिला
फ़ज़ा में है
लहू की बू हवा में है

---

1. पंक्तिबद्ध 2. निर्बल 3. हकलाना

जुदाई का गीत

तुम मेरे कितने पास हो
मैं तुमसे कितना दूर हूँ
ये उलझा गोला ऊन का
ये नीली शीशी इत्र की
ये टूटी सूई मेज़ पर
बुक शेल्फ़ बेतरतीब-सा
तस्वीर वो दीवार पर
आँगन में साँसों के दिए
कमरों में खुशबू के भँवर
तुम मेरे कितने पास हो
मैं तुमसे कितना दूर हूँ
ज़ुल्फ़े परेशाँ[1] दोश[2] पर
हाथों में वो कुछ फूल से
आँखों में मेरे जिस्म का
नन्हा अधूरा अक्स है
लब हिल रहे हैं वो उधर
तुम मेरे कितने पास हो
मैं तुमसे कितना दूर हूँ
रौशन हैं देखो दूर तक
जुगनू फ़ज़ा में जा-ब-जा
फिर आज जलने के लिए

---

1. बिखरी हुई लटें 2. कंधा

निकले पतिंगों के परे
कहने को फिर कुछ कान में
शाख़े-तमन्ना झुक गई
गर्दिश ज़मीं की रुक गई
तुम मेरे कितने पास हो
मैं तुमसे कितना दूर हूँ
फिर धूप की यलग़ार[1] में
देखो बरहना सर हूँ मैं
फिर नींद रूठी आँख से
फिर ख़्वाब टूटे हैं मेरे
फिर आँसुओं से तर हूँ मैं
तुम मेरे कितने पास हो
मैं तुमसे कितना दूर हूँ
ऐ मेहरबाँ, ऐ हम सफ़र
बेरह्म हैं शामो-सहर
उन साअतों की दौड़ में
अंजाम क्या इसके सिवा
तुम और मेरे पास हो
मैं और तुम से दूर हूँ

---

1. हमला

ख़तरे का सायरन

तमाम शह्र आग की लपेट में है भागिए
हुज़ूर कब से मीठी नीद सो रहे हैं जागिए
समाँ है रोज़े-हश्र का, निगाह तो उठाइए
लगी है आँख पर जो दूरबीं हटाइए
दराज़ ही में बंद रहने दीजिए तमाम ख़्वाब
खुली है जो किताब मेज़ पर न बंद कीजिए
उतारिए न खूँटियों से ख्वाहिशों के पैरहन[1]
बिखर गए जो फ़र्श पर हवाए-तुंदो-तेज़[2] से
वरक़ वो ताज़ा रोज़नामे[3] के भी मत समेटिए
घड़ी की सुइयों की सिम्त देखने से फ़ायदा?
लिबासे-ख़्वाब को बदलने का नहीं है वक़्त अब
तमाम अह्ले शह्र, शह्र छोड़ कर चले गए
झुके हुए हैं सर अज़ीम बिल्डिंगों के देखिए
अब और कुछ न देखिए अब और कुछ न सोचिए
तमाम शह्र आग की लपेट में है भागिए

1. कपड़े 2. तेज़ हवा 3. नया दैनिक पत्र

फ़साद[1] की ज़बान से

बेहिसी[2] के सहरा में
ख़ूँ को जज़्ब करने की
अब सकत नहीं बाक़ी
रोज़नामों[3] के चेहरे
इस ख़बर की सुर्ख़ी[4] से
कब सजाए जाएँगे
रोज़ सुब्ह को सूरज
चीख़ चीख़ कर मुझसे
ये सवाल करता है

1. दंगे 2. संवेदनहीनता 3. अख़बारों (दैनिक) 4. मुख्यपंक्ति (Headline)

अलाव सर्द हो गया

अलाव सर्द हो गया
हमारी रुह का अलाव सर्द हो गया
दबीज़[1] बर्फ़ की तहें हटा के देख लो अगर यक़ी न हो
रगों में ख़ून जम चुका है
दिल की धड़कनों का सिलसिला भी टूट जाएगा
रेत से बना हुआ ये जिस्म रेत बनके दूर-दूर फैल जाएगा
सिवाय रेत अब तुम्हारे हाथ कुछ न आएगा

ठहरे जो हवा

—ठहरे जो हवा
आँख में सहमे हुए मंज़र को दिखाएँ
शबनम से लदी शाख़ की तस्वीर बनाएँ
वो दूर उधर / रेत की दीवार थी
दीवार के पीछे
इक शहर था
उस शहर के सरहद पे बहुत लोग खड़े थे
वे लोग ख़लाओं की तरफ़ देख रहे थे
और शहर की हर राह पे सन्नाटे बिछे थे
इस शहर की रूदाद सुनें और सुनाएँ
पलकों से चली रेत की दीवार गिराएँ
ठहरे जो हवा
आँख में सहमे हुए मंज़र को दिखाएँ

1. मोटी

किरन दो किरन धूप

अगर आँख दीवार में कोई रौज़न[1] करे और देखे
उधर रुई के नन्हें गालों के पीछे भटकते हुए
बर्फ़ की बोरियाँ अपने कांधे पर लादे हुए, नन्हें बच्चे
थके जा रहे हैं
कि अब शाम होने लगी है
किरन दो किरन धूप बाक़ी है
पागल हवा
बंद दरवाज़े और खिड़कियाँ तोड़ती फिर रही है
सदाओं के टूटे हुए आईने जोड़ती फिर रही है
उधर रुई के नन्हे गालों के पीछे भटकते हुए
बर्फ़ की बोरियाँ अपने काँधों पर लादे हुए नन्हें बच्चे थके
जा रहे हैं
अगर आँख दीवार में कोई रौज़न करे और देखे!

---

1. छेद

कहाँ हो तुम

हुरुफ़[1] तितलियों के रंग बन गए
ख़ामोशियों को तूल[2] देंगे फ़ासले बढ़ाएँगे
हम एक दूसरे से और दूर होते जाएँगे
कहाँ हो तुम?
तुम्हारी हर दुआ क़ुबूल हो गई

हम पीछे आते हैं

सड़कों पर आवारागर्दी ख़त्म करो
इन गलियों में घर हैं
घर हैं, सब खाली
दस्तक देने पर लेकिन खुल जाते हैं
तुम आगे जाओ
हम पीछे आते हैं

---

1. अक्षर 2. विस्तार 3. खटखटाना

कहानियों से वास्ता

ज़मीन का तवाफ़[1] करके लौटती हवा
इसी दरख़्त पर रुकी थी याद है
यही दरख़्त जिसके आस-पास
खुश्क पत्तियों का ढेर है
सियाह और सर्द रात में जलाई जाएँगी ये पत्तियाँ
अलाव की ग़िज़ा[2] बनाई जाएँगी ये पत्तियाँ
हमारी बीती ज़िन्दगी में कोई हादिसा न था
हमारे साथ हम ही हम थे, कोई दूसरा न था
इसीलिए कहानियों से हमको वास्ता न था
इसीलिए तमाम उम्र हमको जागना पड़ा

इतनी रौशनी

न जाने क्या हुआ दीवारो-दर को
मैं किन आँखों से देखूँ अपने घर को
कहीं भी धुंध, तारीकी[3] नहीं है
हर इक कमरे में इतनी रौशनी है
कि कुछ भी देखना मुमकिन नहीं है

---

1. परिक्रमा 2. आहार 3. अँधेरा

ग़ज़ल

कब हुआ, दुनिया में ऐसा हादसा
मोतक़िद[1] है बादे-सर सर[2] की सबा[3]

धुंध की ज़द[4] में है ख़्वाबों का उफ़क़
देखिए दिखलाएँ आँखें और क्या

ढल गई क्यों आरिज़ों[5] की चाँदनी
खुल गई कब ग़म की साँसों की घटा

साअतों के पेचो-ख़म के बाद भी
क़ुर्ब का अंजाम दूरी ही रहा

खो गए सारे मुसाफ़िर याद के
हो गया वीरान दिल का रास्ता

बुझ गया आखिर चिराग़े 'आरज़ू'[6]
वार भारी था हवा के हाथ का

---

1. भक्त 2. तीव्र हवा 3. प्रभात समीर 4. आघात 5. गालों 6. अभिलाषा का दिया

ग़ज़ल

मुझे कोई उम्मीद कभी भी नहीं थी बादल से
मैं प्यासा हूँ मुझे पानी दे इस छागल से

कोई तेरे सिवा नहीं जानता है याँ क़द्र उसकी
मैं उम्र बदलना चाहता हूँ जिस इक पल से

मेरे आज की सरगर्मी का है ये इक मंशा
रहे कोई न रिश्ता बाक़ी अब मेरा कल से

मैं उतना ही इसमें और भी फँसता जाता हूँ
मैं जितना निकलना चाहता हूँ शब-दलदल[1] से

तेरे हिज्र की लम्बी रातें सब ये कहती हैं
कोई इश्क़ करेगा आइन्दा किसी पागल से

1. रात का दलदल

ग़ज़ल

हवा चले वरके-आरज़ू[1] पलट जाए
तुलूअ[2] हो कोई चेह्रा तो धुंध छट जाए

यही है वक़्त कि ख़्वाबों के बादबाँ खोलो
कहीं न फिर से नदी आँसुओं की घट जाए

बुलंदियों की हवस ही ज़मीन पर लाई
कहो फ़लक से कि अब रास्ते से हट जाए

गिरफ़्त ढीली करो वक़्त को गुज़रने दो
कि डोर फिर न कहीं साअतों की कट जाए

इसीलिए नहीं सोते हैं हम कि दुनिया में
शबे-फ़िराक़ की सौग़ात सब में बट जाए

---

1. अभिलाषा के पन्ने 2. निकलना

ग़ज़ल

उम्मीद से कम चश्मे-ख़रीदार[1] में आए
हम लोग ज़रा देर से बाज़ार में आए

सच, खुद से भी ये लोग नहीं बोलने वाले
ऐ अहले-जुनूँ, तुम यहाँ बेकार में आए

ये आग हवस[2] की है, झुलस देगी उसे भी
सूरज से कहो, साय-ए-दीवार में आए

बढ़ती ही चली जाती है तनहाई हमारी
क्या सोच के हम वादि-ए-इनकार[3] में आए

---

1. ग्राहक की नज़र 2. वासना 3. इनकार की घाटी

ग़ज़ल

सियाह रात नहीं लेती नाम ढलने का
यही तो वक़्त है सूरज तेरे निकलने का

यहाँ से गुज़रे हैं, गुज़रेंगे हम से अहले वफा
ये रास्ता नहीं परछाइयों के चलने का

कहीं न सबको समन्दर बहा के ले जाए
ये खेल ख़त्म करो किश्तियाँ बदलने का

बिगड़ गया जो ये नक़्शा हवस[1] के हाथों से
तो फिर किसी के सँभाले नहीं सँभलने का

ज़मीं ने कर लिया क्या तीरगी[2] से समझौता
ख़याल छोड़ चुके क्या चिराग़ जलने का

1. वासना 2. अँधेरा

फ़ना[1] की तसवीर

(अपने बड़े भाई के इंतक़ाल पर)

बे-आवाज़ बदन का साया
उन शाख़ों के पीछे डूबा जिनसे धुंध जनम लेती है
चाँद भी जिनसे ख़ौफ़ज़दा, सूरज भी शाकी[2]
शाख़ें, बढ़ती फैलती शाख़ें
रेशम के तारों की सूरज उलझी शाख़ें
उन शाख़ों के पीछे देखो खेल अनोखा
रुई के गाले आसपास और उनके तआक़्क़ुब में नन्हीं बाहों
के हाले[4]
ओस की बूँद का बोझ नहीं उठता आँखों से
मत खोलो जंज़ीरें पागल तेज़ हवा की रुक जाओ,
बन जाने दो तस्वीर फ़ना की

---

1. विनाश 2. शिकायत करने वाला 3. पीछे 4. घेरे।

ख़्वाब देखने वाली आँखें

कितनी तेज़ थी आँधी
आँखे मलते-मलते, सूरज डूबा शाम हुई
दूर से आई आवाज़ें
और इनके पीछे शोर मचाते
रंग-रंग की पोशाकों में रेत भरे दस्ताने पहने
नन्हें बच्चे उनके पीछे उनसे भी कुछ छोटे बच्चे
उनके आगे लम्बे साये, आधी रात के सन्नाटे शबनम के क़तरे
ख़्वाब देखने वाली आँखे रोती हैं
ख़्वाब देखने वाली आँखें क्या देखें

एअतराफ़[1]
(हिन्दुस्तानी दानिशवरों[2] से)

हम बहुत बुज़दिल हैं
हम इक़रार करते हैं
आसमानों से उधर ले जाके हमको फेंक दो
नीचे बहुत नीचे
मगर ये इल्तिजा[3] है
हाथ, आँखें, कान, लब
बाक़ी रहें या ख़त्म हो जाएँ
बस इक ये रीढ़ की हड्डी न टूटे
रेंगते रहने की ये आदत न छूटे

1. स्वीकार 2. बुद्धिजीवी लोग 3. अनुरोध

उसके हिस्से की ज़मीं

वो यहाँ तक रौशनी के साथ था
उसकी मुट्ठी में कई सूरज बहुत से चाँद थे
उसके क़दमों की सदा से रास्ते आबाद थे
उसकी आँखों में अधूरे ख़्वाब थे
उसके होंठो पर ख़ुदा का नाम था
मंज़िले-सूदो-ज़ियाँ[1] आई न थी
धूप उसके दरमियाँ आई न थी
और उसके बाद ये देखा गया
पहले वो फिर रौशनी ओझल हुई
उसके हिस्से की ज़मी जलथल हुई
वो यहीं तक रौशनी के साथ था

ख़्वाबों से दस्तबरदार[2] होने वालों के नाम

साकित[3] दरिया जब धीरे-धीरे हरकत में आया
काग़ज़ की किश्ती में बैठे लोग ख़ुशी से चीख़ पड़े
रुमालों में अपने-अपने ख़्वाब भरे
और उजड़े शहरों की जानिब लौट गए

---

1. लाभ-हानि की अवस्था 2. निवृत्त 3. स्थिर

ख़ुदकलामी[1] की एक और कोशिश

अभी दरख़्तों से धूप उतरेगी
रास्तों पर
उदास परछाइयों के लश्कर
अजीब बेनाम से सफ़र पर
निकल पड़ेंगे
सियाह धब्बों के दायरों में
सफ़ेद नुक़्ते बना-बना कर मिटाने वाली तुम्हारी आँखें
ये देखने को खुली हुई हैं
तुम अपनी तनहाईयों के सहरा को ज़र्रा-ज़र्रा समेटे जाओ
बिखेरे जाओ
ज़मीन थोड़ी-सी जो मिली है
उसी में फ़स्लें उगाए जाओ
मगर ये सब कुछ तो वो नहीं है जो हमने तुमने ख़ुदा से
माँगा था
आस आँखों में अब नहीं है
फ़लक का साया नहीं है जिस पर
ये वो ज़मी है
अभी दरख़्तों से धूप उतरी थी, याद आया

1. स्वयं से बातें करना

उफ़्ताद[1]

देखते देखते चुप हो गए सब
वो भी जो नींद की शबनम में नहाकर
किसी नादीदा हसीं शक्ल के दीदार की लज़्ज़त के भजन गाते थे
वो भी जो आँखों के ताक़ों में चिराग़ाँ करके
चीख़ते थे कभी रोते थे कभी हँसते थे
वो भी जो ज़ख़्मों के फूलों में लदे
आसमानों की तरफ हाथ उठाए हुए करते थे दुआ
कैसी उफ़्ताद पड़ी आख़िरे-शब
देखते-देखते चुप हो गए सब

तंबीह[2]

वो जो आसमाँ पे सितारा है
उसे अपनी आँखों से देख लो
उसे अपने होंठो से चूम लो
उसे अपने हाथों से तोड़ लो
कि उसी पे हमला है रात का

1. विपदा 2. चेतावनी

स्टिल लाईफ़

फूल पत्तियाँ शाख़ें
होठ हाथ और आँखें
मौजे-ख़ूँ, सदा-ए-दिल
माहताब और सूरज
मुंजमिद[1] हैं सब के सब
वक़्त की कमाँ में अब
तीर ही नहीं कोई

रात

तमाम सूरजों को दफ़्न करके अपने हाथ से
हवा के घोड़े पर सवार होके आन-बान से
वो आ रही है आसमाँ पे अपना झंडा गाड़ के
वो आ रही है आहनी[2] बुलंदियाँ फलाँग के
कहानियों के देव भी न रात को डरा सके

एक नज़्म

माइल-ब-करम[3] हैं रातें
आँखों से कहो सब माँगें
ख़्वाबों के सिवा जो चाहें

1. जमा हुआ 2. लोहे की (मज़्शत) 3. कृपा के लिए तत्पर

ग़ज़ल

ख़्वाहिशें जिस्म में बो देखता हूँ
आज मैं रात का हो देखता हूँ

सीढ़ियाँ जाती हुई सूरज तक
देखना चाहा था सो देखता हूँ

तितलियाँ, फूल, भँवर खुशबू के
याद वो आता है तो देखता हूँ

ऐ खुदा और न देखे कोई
मैं खुली आँख से जो देखता हूँ

शर्त गर ये है समन्दर तेरी
किश्तियाँ सारी डुबो देखता हूँ

आईने धुंधले हुए माज़ी[1] के
आँसुओं से उन्हें धो देखता हूँ

1. भूतकाल

ग़ज़ल

फ़िराक़े यार[1] में हालत अजब बना ली है
बदन वही है ये चिंगारियों से ख़ाली है

रगों में ख़ून की मिक़दार[2] अब बहुत कम है
हमारी आँख में जो है शफ़क़[3] की लाली है

यही तो वक़्त है जुल्मात[4] से निकलने का
गदा[5] ये चाँद है, खुरशीद भी सवाली है

ख़ला[6] को तकना शबो-रोज़[7] का वज़ीफ़ा[8] है
निगाह जब से तेरे बाम[9] से हटा ली है

ग़मे-जहाँ में ग़मे-जाँ से बे-तअल्लुक़ हूँ
बड़े जतन से ये राहे-मफ़र[10] निकाली है

---

1. मित्र का वियोग 2. मात्रा 3. ऊषा 4. अँधेरा 5. फ़क़ीर 6. आकाश 7. रात-दिन 8. जाप 9. छत 10. भागने का रास्ता

ग़ज़ल

दिल परीशाँ हो मगर आँखों में हैरानी न हो
ख़्वाब देखो कि हक़ीक़त से परेशानी न हो

क्या हुआ अह्ले-जुनूँ को कि दुआ माँगते हैं
शह्र में शोर न हो, दश्त में वीरानी न हो

ढूँढ़ते-ढूँढ़ते सब थक गए लेकिन न मिला
इक उफ़क़[1] ऐसा कि जो धुंध का ज़िंदानी[2] न हो

ग़म की दौलत बड़ी मुश्किल से मिला करती है
सौंप दो हमको अगर तुमसे निगहबानी[3] न हो

नफ़रतों का वही मलबूस[4] पहन लो फिर से
ऐन मुमकिन है ये दुनिया तुम्हें पहचानी न हो

1. क्षितिज 2. क़ैदी 3. देखभाल 4. वस्त्र

ग़ज़ल

जुनूँ के जितने तक़ाज़े हैं भूले जाते हैं
कि साथ वक़्त के लो हम भी बदले जाते हैं

ज़रूर हम से हुई है कहीं पे कोताही
तमाम शहर में सन्नाटे फैले जाते हैं

कि आन पहुँचा है दरिया तेरे ज़वाल[1] का वक़्त
जो हमसे लोग किनारे पे ठहरे जाते हैं

ज़मीं ने हम को बहुत देर में क़ुबूल किया
जली हुरुफ़[2] में ये बात लिक्खे जाते हैं

वही कि जिससे तअल्लुक़ बराए-नाम[3] है अब
उसी का रास्ता दिन रात देखे जाते हैं

---

1. पतन 2. मोटे अक्षरों में 3. दिखावे के लिए (नाम के लिए)

ग़ज़ल

बैचेन बहुत रूह जो पैकर[1] के लिए है
ये आख़िरी तोहफ़ा कि समन्दर के लिए है

किस वास्ते ये तेरी तवज्जो[2] का है मरकज़[3]
इस शाख़ का हर फूल तो सरसर[4] के लिए है

जो सामने होता है नहीं दीद[5] के क़ाबिल
ये आँख किसी दूर के मंज़र के लिए है

आवाज़े-दरा[6] देर से ललकार रही है
तलवार जहाँ भी है तेरे सर के लिए है

1. शरीर 2. ध्यान 3. केन्द्र 4. तेज़ हवा 5. देखना 6. घंटियों की आवाज़।

ग़ज़ल

तेज़ हवा में जला दिल का दिया आज तक
ज़ीस्त[1] से इक अह्द[2] था, पूरा किया आज तक

मेरे जुनूँ के लिए तेरी गवाही बहुत
चाके-गरेबाँ[3] न क्यों मैंने सिया आज तक

कितने समन्दर मुझे रोज़ मिले राह में
बूँद भी पानी नहीं मैंने पिया आज तक

इल्म के इस शह्र में कोई नहीं पूछता
कारे-सुख़न[4] किस तरह मैंने किया आज तक

मेहरो-वफ़ा[5] के सिवा दोस्त नहीं जानते
मुझको दिया है सदा, कुछ न लिया आज तक

---

1. ज़िन्दगी 2. संकल्प 3. फटा हुआ गरेबान (गला) 4. कविता करने का काम 5. मेह्रबानी और वफ़ादारी

ग़ज़ल

नहीं रोक सकोगे जिस्म की इन परवाज़ों[1] को
बड़ी भूल हुई जो छेड़ दिया कई साज़ों को

कोई नया मकीन[2] नहीं आया तो हैरत क्या
कभी तुमने खुला छोड़ा ही नहीं दरवाज़ों को

कभी पार भी कर पाएँगी सुकूत के सहरा को
दरपेश है कितना और सफ़र आवाज़ों को

मुझे कुछ लोगों की रुसवाई मंज़ूर नहीं
नहीं आम किया जो मैंने अपने राज़ों को

कहीं हो न गई हो ज़मीन परिंदों से खाली
खुले आसमान पर देखता हूँ फिर बाज़ों को

---

1. उड़ानों 2. रहनेवाला

ग़ज़ल

मैं चाहता हूँ न आएँ, अज़ाब[1] आएँगे
ये जितने लोग हैं ज़ेरे[2]-इताब आएँगे

इस इक ख़बर से सरासीमा[3] हैं सभी कि यहाँ
न रात होगी न आँखों में ख़्वाब आएँगे

ज़रा-सी देर है खुशबू-ओ-रंग का मेला
ख़िज़ाँ की ज़द[4] में अभी ये गुलाब आएँगे

हरेक मोड़ पे इक हश्र-सा बपा होगा
हरेक लम्हा नए इन्क़लाब आएँगे

पलट के आए नहीं क्यों जुनूँ की वादी से
जिन्हें ये ज़ोम था वह कामियाब आएँगे

---

1. प्रकोप 2. क्रोध का शिकार 3. आतंकित 4. आघात

ग़ज़ल

जहाँ तक होगा, जब तक होगा दिल बहलाएँगे हम भी
किसी दिन तो तुझे भूले से याद आजाएँगे हम भी

करेंगे हम कहाँ तक दूर की आवाज़ का पीछा
अभी इक मोड़ ऐसा आएगा पछताएँगे हम भी

कहीं भी ज़ीस्त के आसार दिखलाई नहीं देते
यही सूरत रही जो चंद दिन, घबराएँगे हम भी

अज़ब वहशत थी, घर के सारे दरवाज़े खुले रक्खे
हमें मालूम था इक रोज़ धोका खाएँगे हम भी

उस इक लम्हे के आने तक ग़मों को मुल्तवी[1] रक्खें
वफ़ाएँ करके अपनी याद जब पछताएँगे हम भी

1. स्थगित।

ग़ज़ल

शदीद प्यास थी फिर भी छुआ न पानी को
मैं देखता रहा दरिया तेरी रवानी को

सियाह रात ने बेहाल कर दिया मुझको
कि तूल[1] दे नहीं पाया किसी कहानी को

बजाय मेरे किसी और का तक़र्रुर[2] हो
क़बूल जो करे ख़्वाबों की पासबानी[3] को

अमाँ की जा मुझे ऐ शहर तूने दी तो है
भुला न पाऊँगा सहरा की बेकरानी[4] को

जो चाहता है कि इक़बाल[5] हो सिवा तेरा
तो सब में बाँट बराबर से शादमानी को

1. विस्तार 2. नियुक्ति 3. रखवाली 4. असीम 5. प्रताप 6. प्रसन्नता

ग़ज़ल

जो चाहती दुनिया है वो मुझसे नहीं होगा
समझौता कोई ख़्वाब के बदले नहीं होगा

अब रात की दीवार को ढाना है ज़रूरी
ये काम मगर मुझसे अकेले नहीं होगा

ख़ुशफ़ह्मी अभी तक थी यही कारे-जुनूँ में
जो मैं नही कर पाया किसी से नहीं होगा

तदबीर[1] नई सोच कोई ऐ दिले-सादा
माइल-ब-करम[2] तुझपे वो ऐसे नहीं होगा

बेनाम-से इक ख़ौफ से दिल क्यों है परीशाँ
जब तय है कि कुछ वक़्त से पहले नहीं होगा

1. उपाय 2. कृपालु

ग़ज़ल

जाँ फिर से लरज़ उट्ठी, दिल दर्द से भर आया
इक ऐसा नया मंज़र आँखों को नज़र आया

हर गाम[1] पे रस्ते में थीं धूप की दीवारें
मुझ जैसा बरहना–सर[2] उनसे भी गुज़र आया

दरिया तेरी मौजों की अंगड़ाइयाँ गिनता हूँ
प्यासा हूँ, मुक़द्दर में यह एक हुनर आया

बेदार[3] दरीचों पर दस्तक-सी सुनाई दी
जब-जब कभी भूले से मैं लौट के घर आया

पहले तुझे देखा था परछाईं की सूरत में
फिर जिस्म तेरा मेरी रग-रग में उतर आया

1. हर पग 2. नंगे सर 3. जाग्रत

ग़ज़ल

एक पल दो क़दम का साथ ही क्या
अब खुला, साये की हयात ही क्या

सैकड़ों ख़्वाबों की ज़रब-तक़सीम[1]
इसका हासिल रहेगी रात ही क्या

कुछ तमन्नाएँ, चन्द पछतावे
हम से लोगों की कायनात[2] ही क्या

पहले करते हैं मद्‌ह[3] औरों की
फिर ये कहते हैं तेरी बात ही क्या

देखना आँखों से बहुत कुछ है
हम लिखें दिल की वारदात ही क्या

1. गुणा-भाग 2. दुनिया 3. तारीफ़

ग़ज़ल

अभी था बीच समन्दर में अब किनारे पे है
ये सारा खेल, ये करतब तेरे इशारे पे है

बदन में कितना लहू है ये जाँच करवा लो
बताना फिर कि जुनूँ कितना किस सहारे पे है

सियाह रात को ख़ातिर में लाए तो कैसे
जमी हुई ये निगह कब से इक सितारे पे है

हवा का अगला क़दम आसमान पर होगा
मेरे वजूद[1] का असबात[2] इस नज़ारे पे है

मैं इस तरफ़ हूँ सरासीमा[3] और बहुत ख़ामोश
मेरा सफ़ीना[4] उधर दूसरे किनारे पे है

---

1. अस्तित्व 2. स्वीकार 3. आतंकित 4. नाव

ग़ज़ल

देखूँ कि है रिश्ता क्या, कितना उसे भाता हूँ
आँधी में दिये मैं यूँ हर बार जलाता हूँ

दरिया तेरी तुग़यानी[1] दहशत[2] लिए आती है
मैं हूँ कि तुझे फिर भी हर रोज़ बुलाता हूँ

उन सुर्ख़ गुलाबों तक ये होंठ मेरे पहुँचें
ये कारे-जूनूँ देखो कब करके दिखाता हूँ

जिसने मेरे होने की हर वक़्त गवाही दी
उस शहूर की सरहद से आगे नहीं जाता हूँ

सर माय-ए-जाँ[3] क्या है, तेरी ही अमानत है
तू देख कभी कहके, मैं कैसे लुटाता हूँ

---

1. उफान 2. भय 3. जीवन की पूँजी

ग़ज़ल

जीने का हक़ अदा कोई हमसे नहीं हुआ
तावील[1] इसकी क्या करें कैसे नहीं हुआ

सुनते हैं लोग बाबे-जूनूँ[2] बंदकर चुके
कहते हैं ऐसा आज से पहले नहीं हुआ

आसार से तो लगता है हम ये ख़बर सुनें
सूरज तुलूअ[3] रात के डर से नहीं हुआ

वो मेहरबान हम पे हुआ कल भी ख़्वाब में
जैसी हमें उम्मीद थी वैसे नहीं हुआ

याद आ न जाए फिर किसी उनूवान से हमें
अफ़सोस कोई जिससे बिछड़ के नहीं हुआ

1. तर्क 2. उन्माद का द्वार (अध्याय) 3. उदय 4. बहाना।

ग़ज़ल

बताऊँ किस तरह अहबाब[1] को आँखें जो ऐसी हैं
कि कल पलकों से टूटी नींद की किर्चें समेटी हैं

सफ़र मैंने समन्दर का किया काग़ज़ की कश्ती में
तमाशाई निगाहें इसलिए बेज़ार[2] इतनी हैं

ख़ुदा मेरे अता कर मुझको गोयाई कि कह पाऊँ
ज़मीं पर रात-दिन जो बातें होती मैंने देखी हैं

तू अपने फ़ैसले से वक़्त अब आगाह कर मुझको
घड़ी की सूइयाँ कब से इस इक नुक़्ते[4] पे ठहरी हैं

जतन तेरा कि पहुँचाया है मुझको मौत के मुँह तक
मेरी आँखें कि इसको ज़ीस्त का ज़ीना समझती हैं

---

1. दोस्तों 2. अप्रसन्न 3. वाक्शक्ति 4. बिन्दु।

ग़ज़ल

सफ़र का नश्शा चढ़ा है तो क्यों उतर जाए
मज़ा तो जब है कोई लौट के न घर जाए

बस एक लम्हे की मोहलत दे प्यासी आँखों को
मेरे बदन की सुराही में आग भर जाए

हवस[1] की कश्ती के सब बादबान[2] खोल दिए
कि तू सुकून से दरिया के पार उतर जाए

उठा रही हैं बहुत सर ये रात की चीखें
मेरे सुकूत[3] की तलवार काम कर जाए

इस एक नुक़्त-ए-रौशन[4] से आगे क्या होगा
यहीं पे क़ाफ़िला ये ज़ीस्त[5] का ठहर जाए

---

1. वासना 2. पाल 3. स्थिरता 4. प्रकाशमान बिन्दु 5. जीवन।

ग़ज़ल

वह जो वहाँ इक अक्स है सहमा हुआ, डरा हुआ
देखा है उसने ग़ौर से सूरज को डूबता हुआ

तकता हूँ कितनी देर से दरिया को मैं क़रीब से
रिश्ता हर एक ख़त्म क्या पानी से प्यास का हुआ

होंठों से आगे का सफ़र बेहतर है मुल्तवी[1] करें
वो भी है कुछ निढाल-सा, मैं भी हूँ कुछ थका हुआ

कल इक बरहना शाख़[2] से पागल हवा लिपट गई
देखा था खुद ये सानिहा लगता है जो सुना हुआ

पैरों के नीचे से मेरे कब की ज़मीं निकल गई
जीना है और या नहीं अब तक न फ़ैसला हुआ

---

1. स्थगित 2. नंगी टहनी

ग़ज़ल

तेरी साँसें मुझ तक आते बादल हो जाएँ
मेरे जिस्म के ख़ुश्क इलाक़े जलथल हो जाएँ

होंठ-नदी सैलाब का मुझपे दरवाज़ा खोले
हमको मयस्सर ऐसे भी पल दो पल हो जाएँ

दुश्मन धुंध है कब से मेरी आँखों के दर पै[1]
हिज्र की लम्बी काली रातें काजल हो जाएँ

उम्र का लम्बा हिस्सा करके दानाई[2] के नाम
हम भी अब ये सोच रहे हैं पागल हो जाएँ

1. पीछे पड़ना 2. बुद्धिमानी

ग़ज़ल

हर ख़्वाब के मकाँ को मिस्मार[1] कर दिया है
बेहतर दिनों का आना दुश्वार कर दिया है

वह दश्त हो कि बस्ती, साया सुकूत[2] का है
जादू-असर सुख़न को बेकार कर दिया है

गिर्दो-नवाहे-दिल[4] में ख़ौफ़ो-हिरास[5] इतना
पहले कभी नहीं था इस बार कर दिया है

कल और साथ सब के उस पार हम खड़े थे
इक पल में हमको किसने इस पार कर दिया है

पा-ए-जुनूँ[6] पे कैसी उफ़्ताद[7] आ पड़ी है
अगली मुसाफ़तों[8] से इनकार कर दिया है

---

1. ध्वस्त 2. खामोशी (मौनता) 3. जादू का असर रखने वाली बात 4. दिल के आसपास 5. भय-आतंक 6. दीवानगी के पैर 7. मुसीबत 8. सफ़र (यात्रा)

ग़ज़ल

हमारी आँखों में नक़्शा ये किस मकान का है
यहाँ का सारा इलाक़ा तो आसमान का है

हमें निकलना पड़ा रात के जज़ीरे[1] से
ख़तर अगरचे इस इक फ़ैसले में जान का है

ख़बर नहीं है कि दरिया में कश्तिए-जाँ[2] है
मुआहिदा[3] जो हवाओं से बादबान[4] का है

तमाम शह्र पे ख़ामोशियाँ मुसल्लत हैं
लबों को खोलो कि ये वक़्त इम्तिहान का है

कहा है उसने तो गुज़रेगा जिस्म से होकर
यक़ीन यूँ है कि पक्का बहुत ज़बान का है

1. द्वीप 2. प्राण की नाव 3. अनुबन्ध 4. पाल।

ग़ज़ल

लम्सो-लज़्ज़त[1] के असर में आ गए
देख! फिर दीवारो-दर में आ गए

दूर की चीज़ें ख़ला[2] में खो गईं
पास के मंज़र नज़र में आ गए

जिस्म को गंदुम-महक[3] ने छू लिया
फूल फिर दिल के शजर[4] में आ गए

आ रही है नंगे पाँवों चाँदनी
बहरे-इस्तक़बाल[5] घर में आ गए

ख़ौफ़ से हम को रिहाई मिल गई
हम भी इक दस्ते-हुनर में आ गए

---

1. स्पर्श और स्वाद 2. शून्य 3. गेहूँ की महक 4. पेड़ 5. स्वागत के लिए।

ग़ज़ल

ये क्या है, मोहब्बत में तो ऐसा नहीं होता
मैं तुझसे जुदा होके भी तन्हा नहीं होता

इस मोड़ से आगे भी कई मोड़ हैं वर्ना
यूँ मेरे लिए तू कभी ठहरा नहीं होता

क्यों मेरा मुक़द्दर है उजालों की सियाही
क्यों रात के ढलने पे सवेरा नहीं होता

या इतनी न तब्दील हुई होती ये दुनिया
या मैंने इसे ख़्वाब में देखा नहीं होता

सुनते हैं सभी ग़ौर से आवाज़े-जरस[1] को
मंज़िल की तरफ़ कोई रवाना नहीं होता

दिल तर्के-तअल्लुक़[2] पे भी आमादा नहीं है
और हक़ भी अदा इससे वफ़ा का नहीं होता

1. घंटी की आवाज 2. संबंध विच्छेद

ग़ज़ल

दिल में रखता है न पलकों पे बिठाता है मुझे
फिर भी उस शख़्स में क्या-क्या नज़र आता है मुझे

सारी आवाज़ों को सन्नाटे निगल जाएँगे
कब से रह-रह के यही ख़ौफ़ सताता है मुझे

ये अलग बात कि दिन में तुझे रखता है निढाल
रात की ज़द[1] से तो सूरज ही बचाता है मुझे

इक नए क़हर के इमकान[2] से बोझल है फ़ज़ा
आसमाँ धुंध में लिपटा नज़र आता है मुझे

तज़्किरा इतना हुआ रूह की आलूदगी[3] का
जिस्मे-सदपाक[4] भी आईना दिखाता है मुझे

1. आघात 2. सम्भावना 3. प्रदूषण 4. सैकड़ों तरह से पवित्र।

तीन नज़्में

1

किसी एक छत की मुंडेर से
मुझे तक रहा है जो देर से
मेरे हाफ़ज़े मेरा साथ दे
ये जो धुंध सी है ज़रा हटा
कोई उसका मुझको सुराग़ दे
कि मैं उसको नाम से दूँ सदा

2

चलते-चलते रेंगने वाले ये लोग
रेंगने में उनके वो दम-ख़म नहीं
ऐसा लगता है कि उनको ज़िल्लतें
मुसतहक़[1] मिक़दार[2] से कुछ कम मिलीं

3

मैं डरता हूँ
मैं डरता हूँ
उन लम्हों से
उन आने वाले लम्हों से
जो मेरे दिल और उसके इक-इक गोशे में
बड़ी आज़ादी से ढूँढ़ेंगे
उन ख़्वाबों को उन राज़ों को
जिन्हें मैंने छुपा के रक्खा है इस दुनिया से

---

1. योग्य 2. मात्रा

नज़्में

•

वो उधर सामने बबूल तले
एक परछाँई और एक साया
अपने जिस्मों को याद करते हैं
और सरगोशियों की ज़र्बों[1] से
इक तसलसुल[2] के साथ वज्द[3] में हैं

•

सहरा की हदों में दाख़िल
जो लोग नहीं हो पाए
शह्रों की बहुत सी यादें
हमराह ले आए थे

•

शह्र सारा ख़ौफ़ में डूबा हुआ है सुब्ह से
रतजगों के वास्ते मशहूर इक दीवाना शख़्स
अनसुनी-अनदेखी ख़बरें लाना जिसका काम है
उसका कहना है कि कल की रात कोई दो बजे
तेज़ यख़ बस्ता[4] हवा के शोर में
इक अजब दिलदोज़[5] सहमी सी सदा[6] थी हर तरफ़
ये किसी बुत की थी जो इंसान था पहले कभी

---

1. प्रहार 2. लगातार 3. उन्माद 4. बर्फ़ीली 5. हृदय विदारक 6. आवाज़।

नज़्म

इस ख़ला[1] से ज़मीं का हर गोशा[2]
जितना दिलकश[3] दिखाई देता है
उसने ख़्वाबों में भी नहीं देखा
वह नहीं आएगा ज़मीन पे अब

नज़्म

मेरे दिल के ख़ौफ़-हिकायत[4] में
ये बात कहीं पर दर्ज करो
मुझे अपनी सदा[5] सुनने की सज़ा
मिली भी तो चुप की सूरत में
मेरे बोलने में जो लुकनत[6] है
उसी लम्बी चुप का नतीजा है

नज़्म

ज़मीन जिससे छुट गई है
बाब ज़िन्दगी का जिस पे बन्द है
वह जानता है यह कि सवारे-बे समंद[7] है
मगर वो क्या करे कि उसको आसमाँ को जाने वाला रास्ता
पसन्द है

---

1. अंतरिक्ष 2. भाग (हिस्सा) 3. ख़ूबसूरत 4. भय की कहानी 5. आवाज़ 5. हकलाना
7. ऐसा सवार जिसके पास घोड़ा न हो।

नज़्में

फिर तुम रेत भरे दस्ताने पहने बच्चों का
इक लम्बा जलूस निकलते देखने वाले हो
आँख को काली लम्बी रात से धो डालो
तुम खुश-क़िस्मत हो, ऐसे अज़ाब की लज़्ज़त
—फिर तुम चक्खोगे

•

बामे-ख़ला[1] से जा के देखो
दूर उफ़क़[2] पर सूरज साया
और वहीं पर आस पास ही
पानी की दीवार का गिरना
बोलो तो कैसा लगता है

•

मैंने तेरे जिस्म के होते
क्यों कुछ देखा
मुझको सज़ा इसकी दी जाए

•

मैं नीले पानियों में गिर गया हूँ
किस तरह निकलूँ
किनारे पर खड़े लोगों के हाथों में
ये कैसे फूल हैं
मुझे रुख़्सत हुए तो मुद्दतों गुज़रीं

---

1. अंतरिक्ष 2. क्षितिज।

ग़ज़ल

हवा से उल्झे कभी सायों से लड़े हैं लोग
बहुत अज़ीम हैं यारो बहुत बड़े हैं लोग

इसी तरह से बुझे जिस्म जल उठें शायद
सुलगती रेत पे ये सोच कर पड़े हैं लोग

सुना है अगले ज़माने में संगो-आहन[1] थे
हमारे अह्द में तो मिट्टी के घड़े हैं लोग

हवा का झोंका भी जिस राह पर नहीं आता
न जाने किस लिए इस राह पर खड़े हैं लोग

1. पत्थर और लोहा (मज़बूत)

ग़ज़ल

बेताब हैं और इश्क़ का दावा नहीं हमको
आवारा हैं और दश्त का सौदा नहीं हमको

ग़ैरों की मोहब्बत पे यक़ीं आने लगा है
यारों से अगरचे कोई शिकवा नहीं हमको

नैरंगिए-दिल[1] है कि तग़ाफ़ुल[2] का करिश्मा
क्या बात है जो तेरी तमन्ना नहीं हमको

या तेरे अलावा भी किसी शै की तलब है
या अपनी मोहब्बत पे भरोसा नहीं हमको

या तुम भी मदावाए-अलम[3] कर नहीं सकते
या चारागरो[4] फ़िक्रे-मुदावा[5] नहीं हमको

यूँ बरहमिए-काकुले-इमरोज7 से ख़ुश हैं
जैसे कि ख़्याले-रुख़े-फ़र्दा नहीं हमको

1. दिल की विचित्रता 2. ग़म का इलाज 3. इलाज करने वालो 4. इलाज की चिंता
5. वर्तमान समय की लटों का बिखराव 6. कल (भविष्य) की आकृति

ग़ज़ल

जुनूँ के नग़मे वफ़ाओं के गीत गाते हुए
हमारी उम्र कटी ज़ख़्मे-दिल छुपाते हुए

जहाँ में हमने फ़क़त इक तुम्ही को चाहा है
तुम्हें ख़याल न आया ये दिल दुखाते हुए

हमें भी ज़िन्दगी करने का हौसला था कभी
हमें भी लोगों ने देखा है मुस्कुराते हुए

कोई है जो हमें दो-चार पल को अपना ले
ज़बान सूख गई ये सदा लगाते हुए

ग़ज़ल

सिवा है आज तीरगी कि बेकली दोचंद है
मुझे जो जुस्तजू-ए-ग़मगुसारे-दर्दमंद है

जो चंद लम्हे वक़्त ने दिए हैं उनका क्या करें
दरे-हबीब वा[2] नहीं दरे-हयात बन्द है

तुम्हारा और मेरा अब निबाह हो तो कैसे हो
मुझे वफ़ा अज़ीज़ है तुम्हें जफ़ा पसन्द है

वो मैं नहीं अदू सही, खुशी ये है कि दहर में
कोई तो सुर्ख़रू हुआ, कोई तो सर बुलन्द है

अज़ीज़े-शहर आपकी ये मुंसिफ़ी भी ख़ूब है
हवस को छूट है खुली जुनूँ पे क़ैदो-बन्द है

---

1. बढ़ी हुई 2. खुला हुआ

ग़ज़ल

दोस्तों में नहीं वो बात जो अग़यार[1] में है
सच यही है प तआम्मुल[2] हमें इज़हार में है

इक वफ़ापेशा ने करली है वफ़ा से तौबा
तज़किरा आज यही कूच-ओ-बाज़ार में है

उम्रभर देखा किए उसकी तरफ यूँ जैसे
सारे आलम की हक़ीक़त निगहे-यार में है

एक आलम है कि उस सिम्त खिंचा जाता है
जाने वो कौन सी ख़ूबी रसनोदार[3] में है

---

1. दुश्मनों 2. संकोच 3. फाँसी

ग़ज़ल

लाख ख़ुर्शीद सरे-बाम अगर हैं तो रहें
हम कोई मोम नहीं हैं कि पिघल जाएँगे

हर गली कूचे में रुसवा हुए जिनकी ख़ातिर
क्या ख़बर थी कि वही लोग बदल जाएँगे

उनके पीछे न चलो उनकी तमन्ना न करो
साये फिर साये हैं कुछ देर में ढल जाएँगे

काफ़िले नींदों के आए हैं इन्हें ठहरा लो
वरना ये दूर बहुत दूर निकल जाएँगे

ग़ज़ल

किस फ़िक्र किस ख़याल में खोया हुआ-सा है
दिल आज तेरी याद को भूला हुआ-सा है

गुलशन में इस तरह से कब आई थी फ़स्ले-गुल
हर फूल अपनी शाख़ से टूटा हुआ-सा है

चल-चल के थक गया है कि मंज़िल नहीं कोई
क्यों वक़्त एक मोड़ पर ठहरा हुआ-सा है

क्या हादसा हुआ है जहाँ में कि आज फिर
चेहरा हर एक शख़्स का उतरा हुआ-सा है

नज़राना तेरे हुस्न को क्या दें कि अपने पास
ले-दे के एक दिल है सो टूटा हुआ-सा है

पहले था जो भी आज मगर कारोबारे-इश्क़
दुनिया के कारोबार से मिलता हुआ-सा है

लगता है उसकी बातों से ये 'शहरयार' भी
यारों के इल्तफ़ात का मारा हुआ-सा है

दो नज़्में

लज़्ज़तों की जुस्त्जू में इतनी दूर आ गया हूँ
चाहूँ भी तो लौट के जा नहीं सकूँगा मैं
उस उदास शाम तक
जो मेरे इन्तज़ार में
रात से नहीं मिली

•

शाम को इंजीर के पत्तों के पीछे
एक सरगोशी[1] बरहना पाँव[2]
इतनी तेज़ दौड़ी
मेरा दम घुटने लगा
रेत जैसे ज़ाएक़े वाली किसी मशरूब[3] की ख़्वाहिश हुई
वह वहाँ कुछ दूर इक आँधी चली
फिर देर तक बारिश हुई

---

1. कानाफूसी 2. नंगे पाँव 3. पेय।

नज़्में

•

बेची है सहरा के हाथों
रातों की सियाही तुमने
की है जो तबाही तुमने
किस रोज़ सज़ा पाओगे

•

वह सुब्ह का सूरज जो तेरी पेशानी[1] था
मेरे होंठों के लम्बे बोसों का मरकज़[2] था
क्यों आँख खुली क्यों मुझको ये अहसास हुआ
तू अपनी रात को साथ यहाँ भी लाया है

•

त्रे होंठों पे मेरे होंठ
हाथों के तराज़ू में
बदन को तोलना
और गुंबदों में दूर तक बारूद की ख़ुशबू
बहुत दिन बाद मुझको जागने में लुत्फ़ आया है

•

ऐसा इक बार किया जाए
सच बोलने वाले लोगों में
मेरा भी शुमार किया जाए

---

1. ललाट 2. केन्द्र।

नज़्में

हर एक शख़्स अपने हिस्से का अज़ाब ख़ुद सहे
कोई न उसका साथ दे,
ज़मीं पे ज़िन्दा रहने की ये एक पहली शर्त है

•

रेत को निचोड़ कर पानी को निकालना
बहुत अजीब काम है
बड़े ही इनहिमाक[1] से ये काम कर रहा हूँ मैं

•

शाम का ढलना नई बात नहीं
इसलिए खौफ़ज़दा हूँ इतना
आने वाली जो सहर[2] है उसमें
रात शामिल नहीं
ये ज़ानता हूँ।

---

1. लगन 2. सुबह।

ग़ज़ल

ज़िक्र किसी का फिर निकला फिर छाई उदासी महफ़िल पर
आज की रात कड़ी गुज़रेगी शायद फिर अहले-दिल पर

मेरी मुहब्बत के अंजाम की फ़िक्र तुम्हें इतनी क्यों है
जो कुछ भी बीतेगी यारो बीतेगी मेरे दिल पर

चाहे जितना तेज़ चलो मुझसे तुम मेरे हमसफ़रो
पहुँच न पाओगे तुम लेकिन मुझसे पहले मंज़िल पर

फ़ुरसत वक़्त ने दी तो हम भी लिक्खेंगे इसकी रूदाद
कैसे तूफ़ानों से निकले, पहुँचे कैसे साहिल पर

ग़ज़ल

जब भी मिलती है मुझे अजनबी लगती क्यों है
ज़िन्दगी रोज़ नए रंग बदलती क्यों है

धूप के क़हर का डर है तो दयारे-शब से
सर-बरहना[1] कोई परछाई निकलती क्यों है

मुझको अपना न कहा इसका गिला तुझसे नहीं
इसका शिकवा है कि बेगाना समझती क्यों है

तुझसे मिलकर भी न तनूहाई मिटेगी मेरी
दिल में रह-रह के यही बात खटकती क्यों है

मुझसे क्या पूछ रहे हो मेरी वहशत का सबब
बूए-आवारा[2] से से पूछो कि भटकती क्यों है

1. नंगेसर 2. भटकती हुई गंध।

ग़ज़ल

दिल को शहीदे-रंजो-अलम हो जाने दो
इस धरती को और भी नम हो जाने दो

लुत्फ़ो-करम की बारिश भी हो जाएगी
ख़त्म ये मौसमे-जौरो-सितम[1] हो जाने दो

चंद दिनों तक और युँ ही ख़ामोश रहो
सन्नाटों के शोर को कम हो जाने दो

राहे-तमन्ना को अँगड़ाई लेने दो
रौशन इक-इक नक़्शे-क़दम हो जाने दो

अहले-जहाँ को बातों में उलझाए रहो
अह्ले-जुनूँ को ताज़ा-दम हो जाने दो

एक ही साथ बढ़ेंगे मंज़िल की जानिब
बिछड़े हुए यारों को बहम[2] हो जाने दो

फिर लिख लेना दुनिया भर के अफ़साने
पहले क़िस्स-ए-शौक़ रक़म हो जाने दो

---

1. अत्याचार का मौसम 2. साथ।

ग़ज़ल

दरिया चढ़ते हैं उतर जाते हैं
हादिसे सारे गुज़र जाते हैं

रातें जैसी भी हों ढल जाती हैं
ज़ख़्म कैसे भी हो भर जाते हैं

कोई मातम नहीं करता उनका
पैदा होते ही जो मर जाते हैं

यादें रह जाती हैं डसने के लिए
दिन तो आते हैं गुज़र जाते हैं

जाने क्या हो गया अहले-ग़म को
दिल धड़कता है तो डर जाते हैं

हज़रत निज़ामुद्दीन जी

निस्बत रहे तुमसे सदा हज़रत निज़ामुद्दीन जी
माँगूँ मैं क्या इसके सिवा हज़रत निज़ामुद्दीन जी

आँखों पे हो छाए हुए हर जा नज़र आते हो तुम
कैसा जुनूँ मुझको हुआ हज़रत निज़ामुद्दीन जी

हाथों से तुमने जो किया रौशन वफ़ा का इक दिया
आँधी की ज़द में वो जला हज़रत निज़ामुद्दीन जी

लेते थे अल्लह नाम जो जपते थे दिल से राम जो
तुमने किया सब का भला हज़रत निज़ामुद्दीन जी

ख़ुसरो की आँखों से कभी देखे अगर तुमको कोई
अहवाल होगा उसका क्या हज़रत निज़ामुद्दीन जी

अशआर

होने को है बहुत ही बड़ा कोई हादिसा
लगने लगी है शक्ल तेरी अजनबी हमें

चाहा है तुझको तेरे तग़ाफ़ुल के बावजूद
ऐ ज़िन्दगी तू याद करेगी कभी हमें

मुद्दतों से मिले नहीं हम लोग
दरमियाँ कोई फ़ासला तो नहीं

सुब्ह से दिल उदास है मेरा
रात मैं ख़्वाब में हँसा तो नहीं

हैं ख़त्म अहले-दर्द पे ये वज़अदारियाँ[1]
जिस मोड़ पर मिले थे उसी पर जुदा हुए

माना कि दोस्तों को नहीं दोस्ती का पास
लेकिन ये क्या कि ग़ैर का एहसान लीजिए

जवाज़[2] सैकड़ों मिल जाएँगे तग़ाफ़ुल[3] के
निगाहे-दोस्त ख़ुदारा न यूँ पशेमाँ हो

1. सलीक़ा, ढंग 2. तर्क 3. बेपरवाई

अशआर

प्यास मकरुह[1] होने लगी है मेरी
ऐ सराबो! मेरा रास्ता छोड़ दो

जाने दीवार से उलझी कि किसी ख़ुशबू से
सूए-गुलज़ार[2] गई, लौट के आई न सबा[3]

चैन लेने नहीं देती मेरी वहशत मुझको
और कुछ दूर मेरे शहर से सहरा हो जाए

ये इज़्तिराब[4] अज़ल[5] से मेरा मुक़द्दर है
मैं कुछ करूँ पे मेरा दिल बहल नहीं सकता

हमें यक़ीन है तू आज भी न आएगा
तमाम रात मगर फिर भी जागना है हमें

तेरे करम को सितम में बदलते देख लिया
अब और क्या है जो दुनिया में देखना है हमें

वक़्त को क्यों बुरा भला कहिए
तुझको होना ही था जुदा हमसे

---

1. अप्रिय 2. पुष्प वाटिका की ओर 3. प्रातःकालीन हवा 4. विकलता 5. सृष्टि का आरम्भ।

अशआर

मुझको ले डूबा तेरा शह्र में यकता होना
दिल बहल जाता अगर कोई भी तुझसा होता

क़ाफ़िले आए भी चले भी गए
है हमें इंतिज़ार अब किसका

दिल था कि ज़िद रही तेरे कूचे में उम्र हो
रहने को यूँ तो गोश-ए-सहरा हमें भी था

देखा जो आज ग़ौर से हमने तो ये खुला
उन आँखों में हया के सिवा और कुछ भी है

इस कर्ब[1] इस ख़लिश[2] का मगर क्या जवाब है
मिलने को तेरे दर से मिला और कुछ भी है

आँखों में तेरी देख रहा हूँ मैं अपनी शक्ल
ये कोई वाहमा[3], ये कोई ख़्वाब तो नहीं

---

1. दुःख 2. चुभन 3. धोखा।

अशआर

तूफ़ाँ तो क्या किनारा भी आया न साज़गार
बरहम कुछ इतनी मौजे-बला हमसे हो गई

कुछ नहीं खुलता कि क्यों मेरे क़दम जाते हैं
ऐसी मंज़िल की तरफ़ जिसका पता कुछ भी नहीं

आहटों के फ़ुसूँ[1] में दरवाज़े
दस्तकों की ज़बाँ को भूल गए
मंज़िलों के ख़याल में गुम थे
हम अगर रफ़्तगाँ[2] को भूल गए

●●●

1. जादू 2. गुज़रे हुए लोग।